KB185270

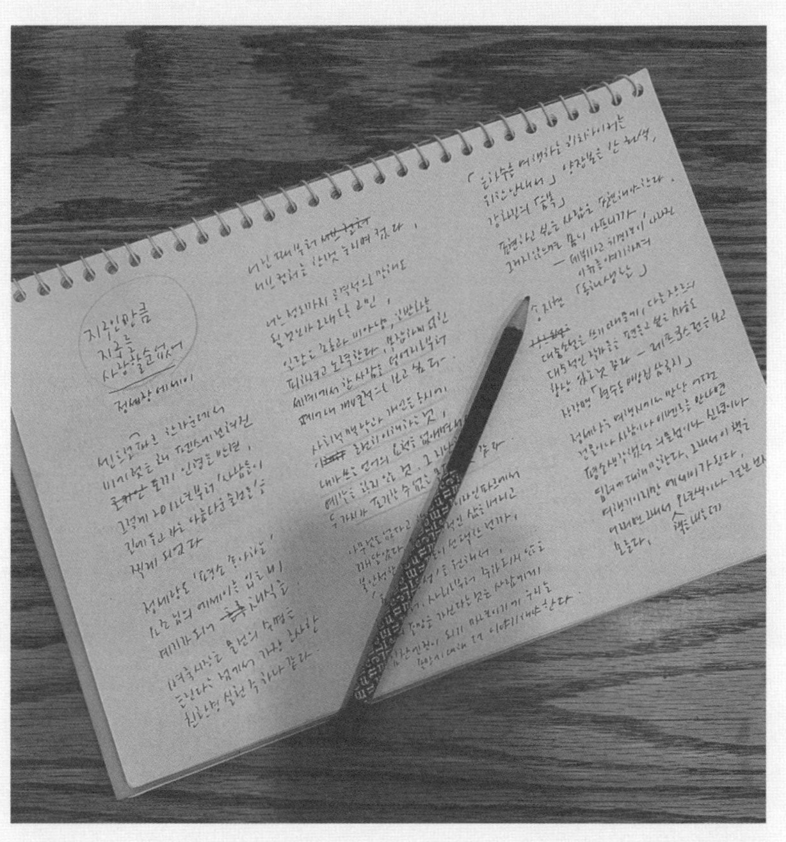
지구인만큼 지구를 사랑할 순 없어
정세랑 에세이

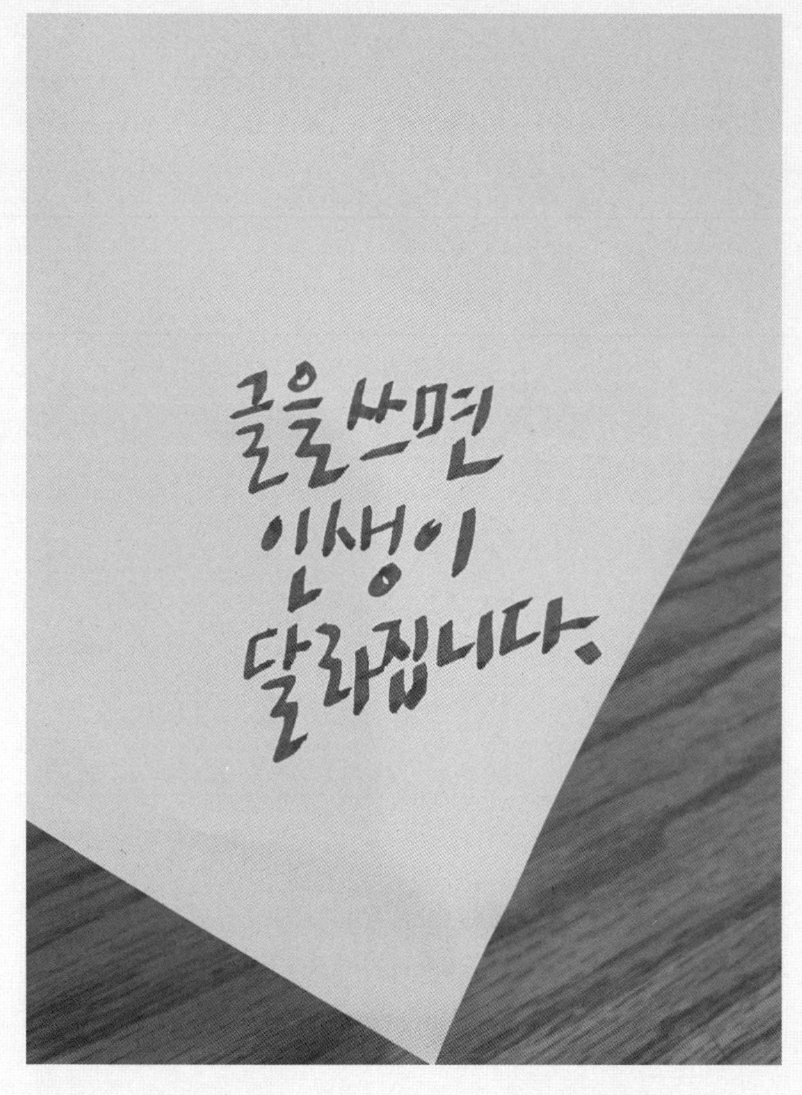
글을 쓰면
인생이
달라집니다.

나를 살린 문장,

내가 살린 문장

편성준과 함께
읽고 쓰는
세상에 하나뿐인
필사책

나를 살린 문장, 내가 살린 문장

편성준과 함께
읽고 쓰는
세상에 하나뿐인
필사책

메디치

프롤로그

전철 안에서 내 마음을 위로해 준 그 문장을 찾아서

○

고된 하루 일과를 마치고 만원 전철 인파에 시달리며 집으로 돌아오다 보면 '나는 잘 가고 있는 걸까?'라는 의구심이 들 때가 있다. 그런 피로감은 한 잔 술이나 가벼운 수다, 심지어 '나에게 주는 선물(쇼핑)'로도 풀리지 않았다. 현대인이 가장 견디기 힘든 건 일이 너무 많은 상태가 아니라 자신의 삶에 별 의미가 없다고 느껴질 때라고 하던가. 인생에서 더 이상 특별한 일은 일어나지 않고 '그날이 그날 같은' 허무함이 파도처럼 밀려왔다. 그 허무와 고독을 지우려고 스마트폰을 꺼내 SNS 피드를 확인하고 짧은 동영상들을 끝도 없이 소비했다. 남들과 별다를 바 없는 그런 일상이었다.

그러던 어느 날 전철 안에서 무심코 펼친 책에서 "모든 아이는 천재로 태어나 둔재로 성장한다"라는 문장을 읽었다. 김지수 기자가 이어령 선생을 인터뷰한 책 《이어령의 마지막 수업》에 나오는 말이었는데 그걸 읽는 순간 이상하게 마음이 편안해지고 세상이 만만하게 보이는 것이었다. "인생은 가까이서 보면 비극이지만 멀리서 보면 희극이다"라는 찰리 채플린의 말도 마찬가지였다. 이 탁월한 문장은 지금까지 내가 자주 인용하는 인생의 경구가 되었다. "아랍인들이 멍청하다고? 그럼 로마 숫자로 나눗셈을 해보라고 해"라는 커트 보니것의 기지와 유머는 사랑하지 않고는 배길 도리가 없었다. 이미 커트 보니것의 작품을 많이 읽고 소장하고 있는데도 그 글이 새롭게 다가왔다.

한 권의 책에서 찾은 하나의 문장이 의외로 나를 크게 위로해 준다는 사실을 깨닫고 난 뒤부터 새 책은 물론 책장에 꽂혀 있던 예전

책들까지 틈나는 대로 다시 들춰보았다. 그걸 메모장에 기록하다 보니 책으로 만들고 싶은 마음도 들었다. 내가 고른 문장들은 개인적인 취향과 우연한 발견에서 비롯된 것들이라 편향되고 범위도 한정적일 수밖에 없었다. 하지만 진심으로 공감한 글들이라는 사실만은 변함이 없기에 나의 솔직한 느낌과 해석을 곁들이면 보편성을 확보할 수 있을 것이라는 확신이 있었다. 지혜와 공감은 책에만 있는 게 아니었다. 영화, 연극, 드라마에서 건진 문장과 표현들은 언제나 내게 생각할 거리를 제공했고 뜻밖의 깨달음을 주었다. 기회가 있을 때마다 만난 문장들을 노트나 메모 앱에 적어놓고 곱씹어 보노라면 삶의 지평이 좀 더 넓어지고 회복탄력성마저 커지는 기분이 들었다.

내가 찾은 사소하지만 명쾌한 통찰이나 위로를 건네준 언어들을 당신과 나누고 싶었다. 여기 인용하고 뜻을 덧붙인 문장들은 어느 순간 나의 정신을 일깨우거나 마음을 어루만져 준 따뜻한 속삭임이요 손길이었다. 함께 읽고 공감하면서 그대로 옮겨보거나 자신만의 새로운 문장으로 그 페이지를 채워보기 바란다. 꼭 매번 필사를 하지 않아도 좋다. 다만 당신의 글씨나 아이디어로 채운 이 책을 매일 밤 자기 전에 한 번씩 펼쳐보는 습관은 꼭 만들었으면 한다. 아무리 좋은 것도 한 번 보거나 읽고 "아, 좋다!" 하고 던져버리면 그냥 흘러가 버린다. 뻔한 것, 다 아는 것도 마음에 넣고 애정의 눈길로 여러 번 반복적으로 바라볼 때 진짜 자신의 취향이라는 게 완성된다.

당신이 펜 자국을 많이 남길수록 이 책은 마법을 부릴 것이다. 당신도 모르는 사이 이 세상에 단 한 권밖에 없는 책이 완성되기 때문이다. 편성준이라는 작가와 당신, 이렇게 두 사람이 공저자로 남을 이 책을 꼭 완성해 주기 바란다. 시간이 흘러 당신의 손때가 묻은 이 책을 누군가 우연히 펼쳐보게 된다면 그는 당신을 이전과는 아주 다른 눈으로, 꽤나 눈부시게 쳐다볼 게 틀림없기 때문이다.

차례

3장 시대를 초월한 목소리

4장 인생의 지혜를 직설적으로

5장 누구나 잘 쓰고 싶어 한다

6장 위트와 재치가 빛나는 표현들

7장 내 가슴속으로 들어온 한마디

8장 우리 삶을 비추는 목소리

1장

이 책, 아직 읽어보지 않았다면

01

가난이란
하늘에서 떨어지는
작은 눈송이 하나에도
머리통이 깨지는 것.

— 김애란, 《이중 하나는 거짓말》 중에서 (문학동네, 2024)

김애란의 소설 주인공 중 한 명인 지우가 수업 시간에 쓴 시다. 하늘에서 떨어지는 작은 눈송이에도 머리통이 깨질 정도로 약한 존재란 어떤 상태일까, 생각하다가 이성복 시인의 시집 《남해 금산》을 떠올렸다. 시인은 '오래 고통받은 사람은 너무 약해서 지는 햇살 한 가닥에도 땅에 처지는 풀잎과 같다'고 말한다. 둘 다 비참하지만 참 매력적인 표현이다. 작가나 시인들은 부정적인 표현이라도 아주 오래 고민하고 연구해서 쓰는 존재들이라는 생각을 했다.

당신이 필사하고 싶은 문장을 적어보자

02

고등학생이었던 나는《데미안》과《파우스트》와《설국》을 읽었고 절에서 밤새 1080배를 했으며 매일 해 질 무렵이면 열 바퀴씩 운동장을 돌았으며, 매 순간 의미 있게 살지 않는다면 그 즉시 자살한다는, 우스꽝스러운 내용의 '조건부 자살 동의서'라는 것을 작성해 책가방 속에 넣고 다녔다. 시를 쓰는 여학생을 좋아했고 초콜릿 맛이 나는 담배 '장미'를 피웠으며 새벽 2시 비둘기호를 타고 부산으로 도망치는 친구를 배웅하느라 '나폴레옹'을 마셨다.

— 김연수,《청춘의 문장들》 중에서 (마음산책, 2022)

아무리 대작가라 해도 젊었을 때 쓴 문장들을 보면 비장하고 유치해서 마음이 간질간질해질 것이다. 하지만 어떠랴. 그런 풋풋한 가슴을 가졌기에 김연수는 평생 글을 쓰며 더 좋은 사람, 멋진 소설가로 성장했으니.

김연수의《청춘의 문장들》 서문에서 이 글을 읽으며 자연스럽게 장정일의《아담이 눈뜰 때》(김영사, 2005) 첫 문장 — 내 나이 열아홉 살, 그때 내가 가장 가지고 싶었던 것은 타자기와 뭉크 화집과 카세트 라디오에 연결하여 레코드를 들을 수 있게 하는 턴테이블이었다 — 이 떠올랐다. 두 사람 다 한때 유치했고, 그럼에도 불구하고 내 영혼에 물을 주던 멋진 작가들이었다.

처음으로 좋아하게 된 작가에 대해 적어보자

03

우리는 중요하지 않다. 이것이 우주의 냉엄한 진실이다. 우리는 작은 티끌들, 깜빡거리듯 생겨났다가 사라지는, 우주에게는 아무 의미도 없는 존재들이다. 명민하고 선한 사람이 되기 위해서는 모든 호흡, 모든 걸음마다 우리의 사소함을 인정해야 한다.

— 룰루 밀러, 《물고기는 존재하지 않는다》 중에서 (정지인 옮김, 곰출판, 2021)

룰루 밀러의 실제 이야기를 다룬 이 책은 뛰어난 스토리텔링과 문장, 그리고 반전의 결말로 놀라움을 준 화제작이다. 나는 룰루 밀러가 데이비드 스타 조던의 생애를 조사하고 자신의 고난을 함께 돌이켜 보면서 인간 존재 자체의 무의미함을 푸념처럼 늘어놓던 부분이 특히 좋았다. 그 깨달음이 허무주의로 끝나지 않고 오히려 주체적인 삶을 꾸려 나가는 길로 제시되었기 때문이다. 이 책엔 건질 만한 철학적 문장들이 많다.

당신이 필사하고 싶은 문장을 적어보자

04

〈죽은 시인의 사회〉를 생각한다. 이 영화의 명장면은 모두 학생들이 책상 위로 올라가는 엔딩이라고 한다. 하지만 개인적으로 나는 키팅 선생의 수업 시간이 더 좋았다. 특히 에반스 프리차드의 《시의 이해Understanding Poetry》의 서문을 찢는 장면이다. 어떻게 시에 공식이 있으며 누가 시를 재단하는가? 나도 그런 이유로 시집을 위시한 책의 서문이나 해설을 읽지 않고 바로 본문에 진입한다.
인생도 그렇다. 이렇게 살아야 한다고 현인들이 아무리 주장해도 깨닫는 건 개인의 몫일 뿐이다. 저마다의 삶의 방식이 다르기에 조언은 될 수 있어도 실질적 도움이 될 수 없다. 하루를 마치고 밤에 오늘을 돌아보는 것.
그래.
밤이 스승이다.

— 김미옥, 《미오기전》 중에서 (이유출판, 2024)

시집이나 소설집을 사서 뒤에 붙어 있는 '해설'을 읽다 보면 한숨이 나올 때가 많다. 작품보다 글이 어렵고 필요 이상의 확대해석이 많아 안 읽느니만 못하다는 기분을 느낄 때가 많기 때문이다. 김미옥의 《미오기전》을 다시 들춰보다가 이 대목에 꽂혔다. 아무리 현인들이 뛰어난 학식과 지혜를 뽐내도 결국 중요한 건 내가 공감할 수 있느냐 없느냐인 것이다. 이는 김미옥이 쓰는 서평의 자세이기도 하다. 문학을 전공하지도 않은 그의 글에 대중이 열광한 것은 바로 권위에 굴하지 않으려는 마음가짐 때문일 것이다.

당신이 필사하고 싶은 문장을 적어보자

05

나는 위대한 책들을 읽고서 혁명을 일으키지도 못했고 인류를 구원하지도 못했다. 어쩌면 나처럼 평범한 대부분의 독자에게 독서란 위대해지기 위해서가 아니라 살기 위해 하는 것일지도 모른다.

— 진은영, 《나는 세계와 맞지 않지만》 중에서 (마음산책, 2024)

세상엔 내가 다 펼쳐볼 수도 없을 정도로 많은 책이 있고 지금 이 순간에도 계속 쏟아져 나오고 있다. 사르트르의 《구토》에 나오는 독학자처럼 매일 새 책을 찾아 읽는 게 과연 가치 있는 일일까 의심하고 있던 나에게 진은영 시인이 슬기로운 답을 전해주었다. 우리가 책을 읽는 건 위대해지기 위해서가 아니라 살기 위해서일지도 모른다고.

한때 당신을 살린 책이 있다면 소개해 보자

06

다른 경험들이 독서를 대신할 수 있을까. 내게는 걷기 운동으로 코어 근육을 단련할 수 있다는 소리만큼 전망 없게 들린다. 한 업계에서 이십 년 정도 일하면 부장급 통찰력을 얻을 수 있는 것 같다. 그 이상을 원하면 정신에 꾸준히 간접 체험과 지적 자극을 공급해야 한다. 나는 독서 부족이 노년에 마음의 병을 일으킬 거라 믿는다. 삶이 얄팍해지는.

— 장강명, 《미세 좌절의 시대》 중에서 (문학동네, 2024)

한때 SNS에서 화제였던 소설가 장강명의 칼럼 〈흥미로운 중년이 되기 위하여〉의 일부분이다. 여기서 그는 젊었을 때는 영리했는데 책은 읽지 않고 타고난 영리함과 순발력으로만 버티다 결국 흐릿한 중년이 된 친구들에 대해 썼다. 결국 삶이 얄팍해지지 않기 위해서는 꾸준히 책을 읽고 계속 생각을 키워야 한다는 얘기다. 나는 책이 유일한 대안은 아니라고 생각하지만 책만큼 빠른 방법도 없다고 본다.

당신이 필사하고 싶은 문장을 적어보자

07

내가 교정 교열 작업을 한 책의 저자에게서 메일을 받았다. 거친 문장을 잘 읽히도록 다듬어 주어 고맙다면서 혹시 문장을 다듬는 기준이 무엇인지 알려 줄 수 있겠느냐고 묻는 내용이었다.
남의 글을 다듬으며 살아온 시간이 어느덧 20여 년이니 이런 메일이 낯설다거나 놀랍다고 할 수는 없겠지만, 이번엔 뭐랄까, 분위기가 좀 달랐다. 무엇보다 자신의 글을 함부로 수정한 것에 화가 나서 쓴 메일이 아니었다. 발신인은 '내 문장을 그렇게까지 고쳐야 했습니까?' 하고 따지지 않고 '내 문장이 그렇게 이상한가요?'라고 물었다. 내 문장이 그렇게 '이상했나요'가 아니라 '이상한가요'라고 현재형으로 물은 것도 특이했다.

— 김정선, 《내 문장이 그렇게 이상한가요?》 중에서 (유유, 2016)

김정선의 《내 문장이 그렇게 이상한가요?》의 첫 문단이다. 20년 넘게 교정 교열 작업을 해온 저자가 어느 날 함인주라는 외국문학 전공자이자 저자인 사람에게 항의성 이메일을 받는다. 이후 펼쳐질 좋은 문장과 표현에 대한 고민의 시작을 알리는 이 첫 문단은 약간의 탐정소설적 요소까지 품고 있어서 더 즐겁다. 이 책은 맞춤법이나 띄어쓰기 점검뿐 아니라 좀 더 나은 문장을 쓰고 싶어 하는 사람들의 입소문에 힘입어 스테디셀러가 되었다. 좋은 책은 결국 독자들이 알아본다는 증거다.

당신이 필사하고 싶은 문장을 적어보자

08

비가 내리는 숲에 서 있던 어느 날, 문득 생각이 났다. 내가 젖은 흙과 잎의 냄새를 얼마나 사랑했는가. 아무리 킁킁거려도 냄새를 맡지 못하자, 대신 냄새를 기억해 보려고 애썼다. 하지만 분명 그 냄새를 알고 있는데도 머릿속에 전혀 떠올려지지 않았다. 작은 기억의 꼬리 같은 것이 솟아나자마자 사라졌다. 당혹스러웠다. 나와 세상 사이에 불투명한 막이 느껴져서 숨이 막혔다. 그제야 뒤늦게 깨달은 것이다. 내가 잃은 것은 후각만이 아니다. 나는 기억을 잃었다. 기억은 그토록 후각에 빚지고 있었다.

— 한정원, 《내가 네번째로 사랑하는 계절》 중에서 (난다, 2024)

죽음을 앞둔 사람은 후각부터 마비된다는데 그 이유가 슬프다. 후각이 마비되면 입맛을 잃어 음식을 섭취하지 않게 되는데, 계속 먹지 않으면 기력이 소진되어 결국 죽음에 이를 수밖에 없는 것이다. 한정원 시인은 코로나19에 걸려 엄청나게 고생했고 후유증으로 후각을 잃었다고 한다. 호되게 병을 앓고 나서야 시인은 깨닫는다. 이는 단지 후각만이 아니라 기억의 문제이기도 하다는 것을. 기억을 잃으면, 사랑했다는 기억을 잃으면 끝내 사랑을 잃는 것이라는 사실을.

당신에게도 무언가를 추억하게 만드는 냄새가 있나?

되도록 오래, 별것 아닌 것에도 호들갑 떠는 사람이 되고 싶다. 쓸데없이 의미 부여도 하고, 작은 것에도 쉽게 감동받고, 매일 보는 것도 새롭게 보려 노력하는 시선과 굴러가는 낙엽을 보면서도 박장대소할 수 있는 낮은 웃음 장벽을 오래도록 유지하고 싶다. 대단하거나 거대한 행운을 기다리기보단 더 작은 행복들을 주변에서 잦게 찾아 나가는 사람이 되었으면 한다.

— 김규림, 《매일의 감탄력》 중에서 (웨일북, 2024)

카피라이터 겸 인문학자인 박웅현 작가는 "어떤 것을 기억하는 가장 좋은 방법은 감동받는 것"이라고 말한다. 나이가 들면 젊었을 때보다 시간이 빨리 흘러가는 것도 일상에서 기억할 만한 사건이 별로 없어서라는 게 심리학자들의 귀띔이다. 김규림 저자처럼 매일 감탄하는 능력을 키우자. 누군가에게 감탄하는 순간 자신은 물론 상대방에게도 기쁨을 줄 수 있다. 어쩌면 현대인에게 가장 필요하다는 회복탄력성도 이런 감탄력에서 시작하는 게 아닐까.

오늘 당신을 감탄하게 만든 것은 무엇인지 적어보자

사놓고 책장에만 꽂아둔
베스트셀러가 있나?
뒤늦게라도 읽고 소개해보자.

2장

읽으면서 따뜻한 미소를 짓게 되는

10

가끔 나하고 자러 우리 집에 올 생각이 있는지 궁금해요.
뭐라고요? 무슨 뜻인지?
우리 둘 다 혼자잖아요. 혼자 된 지도 너무 오래됐어요. 벌써 몇 년째예요. 난 외로워요. 당신도 그러지 않을까 싶고요. 그래서 밤에 나를 찾아와 함께 자줄 수 있을까 하는 거죠. 이야기도 하고요.

— 켄트 하루프, 《밤에 우리 영혼은》 중에서 (김재성 옮김, 뮤진트리, 2016)

켄트 하루프의 소설 《밤에 우리 영혼은》은 어느 날 이웃집에 사는 일흔 살의 여자 에디가 역시 그 나이의 남자 루이스에 "가끔 나하고 자러 우리 집에 올 생각이 있는지 궁금해요"라고 묻는 장면으로 시작한다. 정말로 다른 거 안 하고 그냥 잠만 자자는 얘기다.

책을 읽으면서 이렇게 흐뭇하고 따뜻한 느낌을 받은 게 언제였는지 모를 지경이었다. '누군가와 함께 따뜻한 침대에 누워 잠드는 것'이라는 이 소박하고 단순한 바람에 독자들은 열광했다. 이 이야기는 영화로도 만들어졌는데 주인공이 무려 로버트 레드퍼드와 제인 폰다다.

당신이 감독이라면 어떤 소설을 영화로 만들고 싶나?

11

한낮이면 할머니는 자리에서 일어나 더위사냥을 뚝 반으로 부러뜨렸다. 그러곤 말없이 곁에 와서 내 작은 손안에 반쪽을 쥐여주었다. 나란히 앉아서 사각사각 베어 먹는 소리. 달콤한 빙과로 입술은 끈적거리고. 옥수수보다 이게 낫지? 할머니는 물었고 내가 대답 없이 마주보고 실쭉 웃으면 다음 날은 어김없이 옥수수를 삶아주었다. 여름은 그렇게 언제든 반으로 무언가를 잘라서 사랑과 나누어 먹는 행복의 계절. 간혹 나는 그 순간이 너무 좋아서 할머니 몰래 속으로 기도를 하고는 했다. 내 수명을 뚝 잘라서 당신께 주세요. 그렇게라도 좀더 지금일 수 있다면, 조금만 더 느리게 녹지 않을 수 있다면, 우리가 지금 이대로의 우리일 수 있다면.

— 고명재, 《너무 보고플 땐 눈이 온다》 중에서 (난다, 2023)

고명재 시인은 자신을 키워준 할머니가 나누어 주신 더위사냥의 기억에서 “여름은 그렇게 언제든 반으로 무언가를 잘라서 사랑과 나누어 먹는 행복의 계절”이라는 생각을 한다. 그리고 “내 수명을 뚝 잘라서 당신께 주세요”라고 할머니 몰래 기도했던 걸 기억한다. 시인의 존재 이유는 이런 게 아닐까. 반으로 나눠 먹는 빙과에서 반으로 나누는 수명을 상상하고 기도하는 것. 시인의 마음으로 살아간다면 세상은 덜 비참하고 덜 지루할 것이란 생각이 들었다.

당신이 필사하고 싶은 문장을 적어보자

12

마음속에 지진을 일으키고 있던 나에게 남편이 말했다.

“에브리띵이즈언더컨추롤, 잘 다녀와.”

어린이도 응원이 필요하고 어른도 응원이 필요하다.
마법 같은 저 한마디는 모든 걱정을 덮어 주었다.

— 이수지, 《만질 수 있는 생각》 중에서 (비룡소, 2024)

힘들 때 건네는 누군가의 따뜻한 말 한마디는 천금보다 값지다. 당신이 들었던 가장 따뜻한 위로와 격려는 어떤 말이었나. 아니면 당신이 건넸던 사랑과 우정의 말은 무엇이었나. 가만히 기억을 굴려 옆 페이지에 한 번 써보시라. 그 말을 떠올리는 것만으로도 온몸이 따뜻해질 것이다.

살면서 만난 가장 따뜻한 위로의 말을 떠올려 보자

13

‘천천히’라는 말은 ‘빨리빨리’의 반대말이 아니다. 무언가 빨리 이루려면 천천히 해야 하기 때문이다. 봉우리에 빨리 오르려면 천천히 올라야 하고 두꺼운 책을 빨리 읽으려면 천천히 읽어야 한다. 세 번 생각하라는 말은 천천히 생각하라는 뜻이고 돌아가라는 말 역시 천천히 가라는 뜻이다. 생각을 천천히 하면 시곗바늘도 천천히 돌고 생각을 빨리하면 시곗바늘도 빨리 돈다. 빨리 걸으면 더 멀어지고 천천히 걸으면 어느새 도착이다. 실제로 내가 걸어온 길을 뒤돌아보면 지름길이 빠른 길이 아니라 천천히 걸었던 길이 빠른 길이었다.

— 한돌, 《늦었지만 늦지 않았어》 중에서 (열림원, 2020)

‘무언가 빨리 이루려면 천천히 해야 한다’라는 작곡가 한돌의 가르침은 언제나 나에게 용기를 준다. 〈홀로 아리랑〉이나 〈개똥벌레〉 같은 노래를 만든 그 한돌이다. 원고를 쓰다가 다른 일을 하다가 나는 왜 이렇게 느리고 집중을 못할까 속상해하다가도 이 말만 생각하면 마음이 차분히 가라앉고 용기가 난다. 실제로 인터넷 회원가입 같은 걸 할 때 서두르면 언제나 틀려서 다시 하는데 천천히 하면 한 번에 성공할 때가 많다.

당신의 마음을 울린 노래 가사를 옮겨 적어보자

14

싱글의 행복은 다른 곳에서 찾아왔다. 느릿느릿 아침을 맞이하는 홀가분한 나날의 달콤함 같은 것. 나만의 작은 공간에서 맞이하는 은밀한 시간들. 그리고 내가 좋아하는, 적당히 낯익고 편안한 공간에서 시작하는 하루들이 좋았다. 숙소 근처에는 입맛에 맞는 식당들이 더러 있었고 편하게 시간을 보낼 수 있는 카페들이 있었다. 책 한 권 들고 찾아가 시간을 보내다 보면 나를 둘러싼 평온함이 감사의 마음에 닿았다. 지루할 때면 고개를 들어 사람들을 바라봤다. 창 너머의 사람들, 카페 안의 사람들, 분주히 일하는 사람들, 대화에 열중하는 사람들, 나처럼 아무것도 하지 않는 사람들.

— 이서희, 《이혼일기》 중에서 (아토포스, 2017)

결혼은 어른으로서의 인생을 시작하는 관문처럼 느껴진다. 결혼이 깨지면 인생에도 금이 갈 것이라 생각했던 이서희 작가는 막상 솔로가 되고 나니 주어지는 자유와 성찰의 시간에 놀란다. 그리고 그걸 즐긴다. 상실이나 취소는 돌이킬 수 없는 수렁이 아니라 그저 인생에 난 또 다른 길일 뿐임을 깨닫게 해주는 글이다.

당신이 필사하고 싶은 문장을 적어보자

15

평범하게 살아온 덕분에 더 많은 이들을 이해할 수 있었다. 세상에는 평범한 사람이 더 많으니까. 이해한다는 것은 나에게 매우 중요한 일이었기에, 좋았다. 평등이라는 관점에서 세상을 바라볼 수 있어서도, 좋았다. 살다 보면 평범은 비범과 대치되는 자리에 있는 게 아님을 알게 된다. 모든 이분법이 그렇듯 그저 언어의 장난이다. 평범은 모범이 되거나 위대해지기를 바라지 않는다. 그런 의미에서 나의 평범은 위로받을 필요가 없다. 무릎이 아파도 경로석에 앉아 마음껏 연애소설 읽는 할머니로 살아갈 텐데, 왜.

— 부희령, 《가장 사적인 평범》 중에서 (교유서가, 2024)

어렸을 때 읽었던 위인전의 폐해는 평범한 사람에게 자괴감을 준다는 것이었다. 위인들은 하다못해 태몽이라도 남달랐고 어렸을 때부터 비범한 재능을 뽐냈다. 자라면서 천천히 똑똑해지고 꾸준히 운동을 해서 힘이 세지는 영웅은 찾아보기 힘들었다. 그래서 부희령 작가가 '평범함 덕분에 더 많은 이들을 이해할 수 있었고 평등이라는 관점에서 세상을 바라볼 수 있었다'라고 쓴 글이 반가웠다. 나중에 무릎이 아파서 경로석에 앉았을 때 맞은편 좌석에서 연애소설을 읽는 부희령 작가와 마주치면 다가가서 반갑게 인사를 하고 싶다. 저도 연애소설을 읽고 있어요, 라고 크게 외치면서.

당신이 필사하고 싶은 문장을 적어보자

16

능소화는 '업신여길 능', '하늘 소'자를 쓴다. 즉, 하늘을 업신여기는 꽃이라는 뜻이다. 꽃의 이름치고는 꽤 거친 이름인데, 대체 왜 이런 이름이 붙었을까? 그 답은 능소화의 개화 시기를 보면 알 수 있다. 능소화는 7월부터 9월에 피는 꽃으로, 만개 시기는 한여름인 8월이다. 꽃이 8월에 핀다는 것은 어떤 의미인가? 8월은 장마와 태풍, 그리고 푹푹 찌는 더위가 도사리고 있는 달이다. 그러니까, 자라나는 식물에게는 저주와도 같은 시기다. 능소화는 그런 때에 핀다. 장마와 태풍을 견뎌내고 핀다. 궂은 날씨를 퍼붓는 하늘을 업신여기듯 피어난다고 해서 능소화인 것이다. 이름의 의미를 알고 나니 능소화를 사랑하지 않을 수 없었다.

'아무리 난리 쳐봐라. 나는 피어나고 말지.'

— 김지은, 〈능소화가 왜 능소화인지 아시나요?〉 중에서 (아트인사이트, 2022)

초등학생 때 새엄마 밑에서 자라며 온갖 구박을 당하던 친구가 있었다. 그는 새벽 신문배달을 하며 운동도 공부도 열심히 했다. 새엄마의 구박이 아무리 심해도 내가 명랑하면 그만이지 어쩔 테냐 하는 표정이었다. 김지은 에디터의 능소화에 대한 글을 읽으면서 그 친구가 떠올랐다. 하늘을 업신여기며 피어나는 꽃이라니, 너무 멋지지 않은가. 나는 이 글을 어느 공연에서 강애심 배우가 해주는 낭독으로 처음 들었다. 공연 보러 다니다 보면 이런 보석 같은 생각과 만나기도 한다.

당신이 필사하고 싶은 문장을 적어보자

17

하여튼 그럼에도 당시에 꽤 괴로웠던 것도 사실인데, 그때 용준에게 많이 기댔던 것 같다. 용준은 나의 잘난 체를 잘 받아주었다. 예컨대 우리는 체육대회 하는 날 별다른 체육 활동을 하지 않고 구름다리에 걸터앉아 시를 이야기했다. 나는 기형도와 이성복을 다 안다는 듯 말하며 또 한껏 잘나버렸는데, 그걸 침 한번 안 뱉고 들어준 친구가 용준이니, 용준의 인성과 어짊을 다 헤아리기가 어렵다.

— 서효인, 《좋음과 싫음 사이》 중에서 (난다, 2024)

어렸을 때는 믿을 수 없을 정도로 유치하게 굴 때가 있는데 나중에 생각해 보면 너무 창피해서 '이불킥'을 하게 된다. 소설가 정용준과 같은 고등학교를 다녔던 서효인 시인은 '제 친굽니다'라는 글에서 친구 용준 앞에서 자기가 얼마나 잘난 척을 했었는지 털어놓는다. 기형도와 이성복을 다 아는 듯 떠드는 고등학생이라니. 그래도 그걸 이렇게 글로 고백할 수 있는 것은 둘 다 소설가와 시인으로 살고 있어서인지도 모른다. 글을 쓰는 사람들은 칭찬도 반성도 글을 통해서 한다.

한때 저지른 창피했던 일을 여기에 고백해 보자

18

시들어 있는 꽃이 가득한 정원을 바라보며 영미 님이 말했다.
"그런데 언젠가부터 다르게 보이더라구. 얘네들은 인간들 보기 좋으라고 피는 애들이 아니잖아요. 그냥 자기네 삶을 살고 있을 뿐인데, 내가 뭐라고 '이건 보기 좋고, 저건 보기 싫고' 이러고 있나 싶었던 거지. 그렇게 생각을 고쳐먹고 보니까 다 예뻐요. 푸릇푸릇 새로운 놈들이 솟아나는 봄도 예쁘고, 아주 피끓는 청춘 같은 여름의 식물들도 예쁘고, 이렇게 가을에 자기 몫을 다하고 시들고 저무는 모습도 예뻐요. 그래서 지금은 그냥 이렇게 다 놔두는 거야. 시든 꽃도, 피어 있는 꽃도, 다 그러려니 하면서…"

— 요조, 《가끔은 영원을 묻고》 중에서 (영월군청, 2023)

광고회사 다닐 때 양평으로 워크숍을 갔다. 무슨 일로 국도에서 잠깐 멈추었는데 도로 기슭에 핀 국화가 너무나 예뻤다. "야, 여긴 아무도 안 다니는 곳인데 너는 어떻게 여기서 이렇게 혼자 예쁘게 피어 있냐." 혼자서 중얼거리다가 생각했다. 아, 얘들은 누구한테 예쁘게 보이려고 핀 게 아니지. 그냥 자기 삶 살고 있는 건데 내가 괜히 시비 거는 거지.

작가이자 뮤지션인 요조가 어느 가을 강원도 영월에서 한 달간 머물며 글과 사진으로 기록한 책에서 그때 내가 느꼈던 것과 똑같은 이야기가 나왔다. 이 책은 영월군에서 무료로 나누어 준 책자다. 어떤 깨달음은 이렇게 공짜로 오기도 한다.

당신이 필사하고 싶은 문장을 적어보자

19

책방은 책만 파는 가게가 아니다. 책과 사람 이야기가 깃든 하나의 정경(情景)이다. 앞만 보고 바삐 걸어갈 땐 절대로 만나지 못한다지. 책 볼 겸 사람 볼 겸 오가는 발길이 익숙해질 때 이야기는 생겨난다. 계절의 정취와 동네의 정서와 책의 서정과 사람들 대화가 스민 이야기가. 한담을 나누다가 다 같이 하오에 쏟아지는 볕을 쬐던 가을, 붕어빵을 나눠 먹으며 첫눈을 보던 겨울, 커다란 책상에 모여 앉아 빗소리를 들으며 글 쓰던 봄, 소나기 지나간 밤에 동료들과 타닥타닥 글 쓰던 여름, 꿀에 잘 재워진 밤처럼 달게 포옹하던 다시 가을에 이르기까지. 언젠가 장소가 사라진다 해도 오래도록 그리워할 우리들의 책방 정경일 테다.

— 고수리, 《선명한 사랑》 중에서 (유유히, 2023)

고등학교 1학년 때부터 구파발 전철역 앞에 있던 '진양서점'에 드나들었다. 신춘문예에 계속 떨어지는 서점 주인 누나와 친해지고 단골 손님들과도 가까워지는 바람에 저녁마다 모여 책 얘기를 했던 것이다. 난로를 피워놓고 차를 마시며 책을 말하던 순간들을 잊을 수가 없다.

그 추억을 다시 되살려 준 게 고수리 작가의 책이다. 책방의 정겨움에 대해 이렇게 따스하게 쓴 글을 본 적이 없다. 이 책 역시 동네 도서관에서 만났다. 보물은 역시 온라인보다 직접 서가를 서성일 때 발견된다.

당신이 필사하고 싶은 문장을 적어보자

평범하면서도 잔잔하게
위로가 된 문장이 있다면
천천히 여기로 옮겨보자

3장

시대를 초월한 목소리

20

행복한 가정은 모두 모습이 비슷하고,
불행한 가정은 모두 제각각의 불행을 안고 있다.

— 레프 톨스토이, 《안나 카레니나》 중에서

역사상 가장 유명한 소설 첫 문장으로 자주 언급되는 글이다. 백 년이 넘은 지금까지 이 문장이 독자들의 사랑을 꾸준히 받는 이유는 무엇일까. 누구나 동의할 수밖에 없는 삶의 통찰을 절묘하게 담아내고 있기 때문이 아닐까.

첫 문장부터 막혀 고생할 때 톨스토이의 이 문장을 떠올린다. 아마 그가 《안나 카레니나》를 쓰기 훨씬 전부터 이 글은 노트에 메모되어 있었을 것이다. 그러다 드디어 글에 맞는 소설 테마가 생각났을 것이고, 이 문장을 맨 앞에 펼쳐놓았을 것이다. 그 뿌듯함의 순간을 나도 맛보고 싶어 자꾸 새 문장을 노트에 적어놓는다.

한 편의 글로 만들고 싶은 문장이 있다면 적어보자

21

오늘 엄마가 죽었다. 아니 어쩌면 어제. 모르겠다. 양로원으로부터 전보를 한 통 받았다. '모친 사망, 명일 장례식. 근조.' 그것만으로써는 아무런 뜻이 없다. 아마 어제였는지도 모르겠다.

— 알베르 카뮈, 《이방인》 중에서

"오늘 엄마가 죽었다"로 시작하는 이 건조한 문장이 세상을 발칵 뒤집어 놓았다. 혈육의 죽음에도 자신의 미래나 행복에도 도통 관심이 없는 전무후무한 캐릭터의 탄생이었다. 이 소설은 많은 사람의 인생을 바꾸어 놓았는데, 예를 들어 롤랑 바르트는 《이방인》을 읽고 작가가 되기로 마음먹었다고 고백했다. 작가가 아니더라도 책 읽는 걸 좋아하고 글을 자주 쓰는 사람이라면 누구나 잊지 못할 문장을 쓰고 싶어 한다. 당신은 죽기 전 어떤 문장을 세상에 남기고 싶은가.

당신이 필사하고 싶은 문장을 적어보자

22

"꺼져라, 꺼져라, 덧없는 촛불아. 인생은 그저 걸어다니는 그림자, 무대 위에서 거들먹거리며 초조하게 자신의 시간을 보내다가 흔적도 없이 사라지는 가련한 배우, 무어라고 마구 떠들어 대지만 아무 의미도 없는 백치의 이야기."

— 윌리엄 셰익스피어, 《맥베스》 5막 5장 대사 중에서

맥베스는 왕을 죽이고 죄의식에 시달리던 아내가 자살한 후 덧없는 인생을 꺼져가는 촛불에 비유한다. "인생은 연극무대와 같고 인간은 모두 무대 위에 선 배우일 뿐"이라는 유명한 메타포가 바로 셰익스피어의 이 연극에서 비롯되었다. 셰익스피어는 우리가 생각하는 것보다 훨씬 더 많은 것을 만든 위대한 극작가였다. 총 154편의 소네트를 남겼으며, 침실Bedroom, 비평Critic, 연애편지Love Letter 같은 단어를 처음으로 만들어 사용한 작가이기도 하다. 그러니 마음에 와닿은 그의 멋진 대사 한 줄쯤은 외워두어도 좋지 않을까.

셰익스피어의 소네트 한 편을 옮겨 적어보자

23

少年易老學難成
一寸光陰不可輕

소년은 늙기 쉽고 학문은 이루기 어려우니,
짧은 시간이라도 가볍게 여기지 말라.

—《명심보감》 권학편 중에서

학교 다닐 때 얼핏 들었던 명심보감의 이 구절이 다시 눈에 들어온 것은 편혜영 작가의 소설집 《소년이로》(문학과지성사, 2019) 때문이었다. 그렇다. 학문을 이루기 어렵다는 말보다 중요한 것은 '소년은 빨리 늙는다'는 것이다. 인생은 뭘 하려고 하면 벌써 이만큼 지났나 할 정도로 짧다. 그러니 이것저것 재지 말고 일단 하고 싶은 것부터 덤벼들어 보자.

당신이 필사하고 싶은 문장을 적어보자

24

어느 시대에도 그랬듯이 오늘날에도 모든 인간은 노예와 자유인으로 나뉜다. 왜냐하면 하루의 3분의 2를 자신을 위해 쓰지 못하는 자는 노예이기 때문이다.

— 프리드리히 니체, 《인간적인 너무나 인간적인》 중에서

학교나 회사에서 시키는 일을 하다 보면 자기 자신은 사라지고 기계적으로 움직이는 존재만 남는 것을 경험했을 것이다. 남이 시키는 일이 아니라 나 자신의 즐거움을 위해, 또는 더 나아지는 내 모습을 위해 무언가 열심히 했던 게 언제인지 생각해 보자. 세상에 너무 순응하며 살다 보면 니체의 말처럼 노예가 될지도 모른다.

당신이 필사하고 싶은 문장을 적어보자

25

아리스토텔레스는《니코마코스 윤리학》에서 이런 말을 합니다. "행복해지려는 사람은 미덕에 걸맞은 활동을 평생 지속해야 한다. 제비 한 마리가 날아온다고 봄이 오지 않듯, 사람도 하루아침에 행복해지지 않는다." 그러면서 그는 "좋은 성격ēthos이라는 미덕은 습관ethos의 결과로 생겨난다"고 했습니다. 습관이 성격입니다. 평소 습관이 좋지 않고 건방지고 게으른 사람이 갑자기 공손하고 부지런한 성격으로 변할 수는 없는 법이죠.

— 명로진,《논어는 처음이지?》중에서 (세종서적, 2017)

'제비 한 마리가 날아온다고 봄이 오지 않는다'는 말에 고개를 끄덕인다. 우리는 종종 단번에 모든 게 바뀌길 바라지만 그런 일은 좀처럼 일어나지 않는다. 모든 건 천천히 변하고 또 모든 변화는 내가 한 행동의 총체적 결과물이다. 고로 습관이 성격이라는 말은 옳다. 책을 읽다 보면 공자나 아리스토텔레스나 똑같은 말을 하고 있음을 알 수 있다. 진리는 언제나 이렇게 시간과 공간을 초월하는 모양이다.

당신이 필사하고 싶은 문장을 적어보자

26

"나는 넓은 호밀밭 같은 데서 조그만 어린애들이 재미있게 놀고 있는 것을 항상 눈에 그려본단 말야. 내가 하는 일은 누구든지 낭떠러지 가에서 떨어질 것 같으면 얼른 가서 붙잡아 주는 거지. 이를테면 호밀밭의 파수꾼이 되는 거야. 바보 같은 짓인 줄은 알고 있어. 그러나 내가 정말 되고 싶은 것은 그것밖에 없어."

— J. D. 샐린저, 《호밀밭의 파수꾼》 중에서

이 장면을 읽어보면 대통령 암살범이 체포 직전에 이 소설을 읽고 있었다거나, 어렸을 때 왕따를 당한 경험이 있는 배우 위노나 라이더가 이 소설을 '인생 책'으로 꼽으며 많은 공감과 위로를 얻었다고 고백한 이유를 어렴풋이 짐작할 수 있다.

소설가 김혜나의 에세이 《술 맛 멋》(은행나무, 2024)을 읽다가 이 대목을 다시 만났다. 김혜나 작가가 고민 많던 10대에 밤을 지새우며 읽은 책이란다. 당신이 청소년 시절 졸린 눈을 비벼가며 읽은 책은 무엇이었고 그 이유는 무엇이었나? 옆 페이지에 한번 써보시라. 눈동자가 반짝이던 당신의 파릇한 유년 시절과 다시 만나보시라.

어린 시절 당신을 잠 못 들게 한 책은 무엇이었나?

27

"그 사람 정말 천재일세. 확실해. 지금부터 백 년 후에 말일세. 사람들이 자네나 나를 조금이라도 기억해 준다면 그것은 전적으로 찰스 스트릭랜드와 알고 지낸 덕분일걸세."

— 서머싯 몸, 《달과 6펜스》 중에서

누군가를 칭찬하는 글을 써야 할 때마다 나는 서머싯 몸의 이 문장을 떠올린다. 백 년 후에 누군가가 나를 기억해 주는 이유가 단지 그와 알고 지낸 덕분이라니. 이보다 더 큰 찬사가 또 있을까. 지금 내 주변에 있는 사람들은 나중에 나를 어떤 사람으로 기억할까. 내가 어떤 태도로 어떻게 사느냐에 따라 기억의 모양이 달라질 것임을 깨닫게 해주는 명문장이 아닐 수 없다.

당신이 필사하고 싶은 문장을 적어보자

28

"거기서 뭐 하고 있나요?" 어린 왕자가 술꾼에게 물었다. 그는 빈 병 몇 개와 가득 찬 병 몇 개를 앞에 두고 침묵 속에 앉아 있었다.
"술을 마시고 있어." 술꾼이 우울한 표정으로 대답했다.
"왜 술을 마시죠?" 어린 왕자가 물었다.
"잊기 위해서지." 술꾼이 대답했다.
"뭘 잊기 위해서요?" 어린 왕자가 이미 그를 측은히 여기며 물었다.
"내가 부끄럽다는 걸 잊기 위해서야." 술꾼이 고개를 숙이며 고백했다.
"뭐가 부끄러운 건가요?" 어린 왕자는 그를 돕고 싶은 마음에 물었다.
"술을 마신다는 게 부끄러워!" 술꾼은 그렇게 말하고는 다시 침묵 속에 빠져버렸다.

— 앙투안 드 생텍쥐페리, 《어린 왕자》 중에서

소설가 김멜라는 생텍쥐페리의 《어린 왕자》에서 '사막이 아름다운 건 어딘가에 우물을 감추고 있기 때문이다' 같은 권장도서에나 나올 법한 말보다는 술꾼 이야기에 더 끌렸다고 한다(《멜라지는 마음》, 현대문학, 2023). 그의 솔직함에 용기를 얻어 나도 《어린 왕자》에서는 이 대목을 골랐다. 술을 왜 마시냐부터 시작해 결국 부끄러움을 잊기 위해 술을 마신다는 술꾼의 이 도돌이표 같은 고백은 유머러스하면서도 귀엽다. 인간의 나약한 면을 보여주며 여운도 남는 좋은 에피소드라 생각한다.

당신이 필사하고 싶은 문장을 적어보자

29

마릴라는 자신도 모르게 웃음이 나왔다. 하지만 양심의 가책도 느꼈다. "앤, 넌 정말 사람을 놀라게 하는구나. 하지만 내가 잘못했다. 이제 알겠어. 넌 한 번도 거짓말을 하지 않았는데 내가 널 믿지 못했구나. 물론 하지도 않은 일을 했다고 고백하는 것도 옳지 않단다. 그것도 아주 큰 잘못이야. 하지만 내가 그렇게 몰아간 거지. 그러니 앤, 네가 날 용서한다면 나도 널 용서하마. 그리고 서로 앙금은 털고 다시 잘 지내보자꾸나. 그럼 이제 소풍 갈 준비를 해야지."

— 루시 모드 몽고메리, 《빨강머리 앤》 중에서

마릴라는 브로치가 없어지자 앤을 의심했고 앤은 어떡하든 소풍을 가고 싶은 마음에 자신이 잃어버렸다고 장황한 거짓말을 꾸며낸다. 그런데 엉뚱한 곳에서 브로치가 나오자 마릴라는 그때서야 자신의 잘못을 깨닫는다.

더 높은 위치에 있는 사람이 아랫사람에게 자신의 실수를 깨끗하게 인정하는 것은 쉽지 않은 일이다. 그런데 마릴라는 했다. 수다스럽고 순간의 감정에 충실한 '빨강머리 앤'을 천사도 부럽지 않은 아이로 만든 것은 바로 어른의 솔직담백한 반성이었다.

당신이 필사하고 싶은 문장을 적어보자

30

고전은 모양이 없다. 나는 모양이 있다. 내가 고전을 읽으면 고전이 내 모양으로 바뀐다. 그 고전은 세상과 싸울 어떤 무기보다 단단한 갑옷이 된다. 모양 없는 고전을 내 모양의 갑옷으로 만들어 겹겹이 입어야 한다. 세상은 호락호락하지 않다. 특히 요즘처럼 빠르게 변하는 시대에는 순간순간 내 약점이 노출된다. 수천 년의 지혜가 녹아 있는 고전이 아니고서야 내 약점을 막아줄 존재는 없다. 그러니 사람에게 묻지 말고 고전에 물어라. 이미 모든 고난과 역경을 겪어온 경험이 농축된 고전에서 답을 구하라.

— 고명환, 《고전이 답했다 마땅히 살아야 할 삶에 대하여》 중에서 (라곰, 2024)

고전은 뛰어난 작품이라기보다는 시간의 세례를 견뎌낸 작품이다. 당대를 벗어나서도 가치를 잃지 않았다는 것은 그만큼 선구적인 아이디어나 삶의 통찰을 품고 있다는 의미다. 그러므로 고전을 갑옷으로 삼아 겹겹이 입고 사람 대신 고전에게 물으라는 고명환의 말엔 울림이 있다. 클래식이야말로 늘 새롭고 어디서나 통할 정도로 유연하다는 것을 확인할 수 있는 좋은 문장이었다.

당신이 필사하고 싶은 문장을 적어보자

고전이라는 이름이 무색하게
지금 읽어도 젊음이 느껴지는
글은 무엇이었는지 적어보자

4장

인생의 지혜를 직설적으로

31

진짜 삶을 산다는 것은 매일 새롭게 태어날 준비를 하는 것이다. (중략) 태어날 준비—모든 안전과 착각을 포기할 준비—는 용기와 믿음을 필요로 한다. 안전을 포기할 용기, 타인과 달라지겠다는 용기, 고립을 참고 견디겠다는 용기다.

— 에리히 프롬, 《나는 왜 무기력을 되풀이하는가》 중에서 (장혜경 옮김, 나무생각, 2016)

양손에 뭔가를 들고 있으면 새로운 걸 집을 수 없다. 원하는 걸 얻으려면 그동안 소중하다고 여기던 가치들을 포기할 수 있어야 한다고, 타인의 비웃음이나 힐난도 참아낼 수 있어야 한다고 에리히 프롬은 말한다. 어느 날 무작정 회사를 그만두고 글을 쓰기 시작한 나는 에리히 프롬의 이 문장에서 큰 위로와 격려를 받았다. 그래서 결국 첫 책으로 낸 《부부가 둘다 놀고 있습니다》(몽스북, 2020)의 맨 뒤에 이 글을 실었다. 그만큼 울림이 큰 문장이었다.

당신의 삶에 가장 큰 변화가 일어난 순간은 언제였나?

32

들판에 자라는 보리는 봄보리와 가을보리가 있는데 가을보리를 봄에 심으면 절대 열매를 맺지 못한다. 가을에 심어 혹독한 눈보라를 견디며 자라야 이듬해 튼튼한 보리로 자라나서 알찬 열매를 맺는 것이 가을보리의 타고난 운명이다. 가을보리에겐 고통을 제외한 온실 같은 평화는 오히려 절망이며 죽음인 것이다.

— 권정생, 《우리들의 하느님》 중에서 (녹색평론사, 2008)

고난이 닥쳐올 때면 우리는 '왜 하필 나에게만 이런 일이 일어나는 걸까?'라며 억울해한다. 하지만 주변을 가만히 둘러보면 힘든 일을 당하지 않는 사람은 거의 없다. 오히려 적당한 고난은 사람을 강하게 만든다. 권정생 선생은 그걸 '혹독한 눈보라를 견디며 자라는 가을보리의 운명'이라고 했는데 씁쓸하게 웃으면서도 고개를 끄덕일 수밖에 없는 금언이라 생각한다.

당신이 필사하고 싶은 문장을 적어보자

33

지금 행복하지 않으면 우리에게 행복은 너무 먼 것이 되어 버린다. 일을 할 때 결과에 집착하는 경우가 많은데 그것보다는 그 과정이 더 행복한 것이다. 아이들처럼 오늘의 삶을 즐기고 행복해하면 그게 행복인 것이다. 꼭 자신의 꿈이 이루어져야 행복한 것은 아니다. 돈을 많이 벌어야 행복한 것도 아니다. 완벽하지 않아도 지금 행복해할 줄 아는 비법을 매일 느낀다면 백석의 시에 나오는 아이들처럼 행복해질 것이다.

— 김영진, 《백석 평전》 중에서 (미다스북스, 2011)

죽음을 앞둔 사람들에게 무엇을 후회하는지 물어보면 했던 것보다는 하지 않았던 일에 대해 아쉬워하는 경우가 더 많다고 한다. 자신의 능력이나 가능성을 의심하느라 시도조차 하지 못한 것이다. 심지어 행복할 때조차 우리는 자신이 행복한 상태라는 걸 자각하지 못할 때가 많다. 지금이라도 "자기 영혼의 떨림을 따르지 않는 사람은 불행할 수밖에 없다"는 마르쿠스 아우렐리우스의 《명상록》을 기억하자. 마음이 시키는 일을 하자.

지금 당신의 영혼을 떨리게 하는 일은 무엇인가?

34

누군가 건네준 빵 한 조각도 금세 피가 되고 살이 되는데, 왜 '선생님'의 그 '좋은 말씀'들은 순간의 짜릿함만을 안기는 탄산음료처럼 그냥 그때뿐인 걸까? 아마도 우리가 그 좋은 말들을 위장으로 직접 소화해 본 적이 없기 때문일 것이다. 달리 말하면, 우리는 그 말을 진지하게 믿지 않았다. 소크라테스나 공자, 예수와 석가의 아름다운 말들을 구경만 했을 뿐, 그것들을 진지하게 체험하지 않았다. 우리가 믿는 것은 그들의 권위였지 그 말들이 아니다. 말을 믿었다면 우리는 벌써 그것을 행했을 것이다.

— 고병권, 《철학자와 하녀》 중에서 (메디치미디어, 2024)

똑같은 말도 누가 하느냐에 따라 다르게 들린다. 내가 "산은 산이요, 물은 물이로다"라고 했다면 다들 코웃음을 쳤겠지만 성철 스님이 하신 말씀이기에 말의 깊이가 달라진다. 생각해 보면 우리는 말의 내용이 아니라 말한 사람의 권위에 굴복하는 경우가 많다. 현상을 똑바로 파악하려면 무슨 말이든 의심부터 해볼 일이다. 좋고 아름다운 말에 현혹되지 않도록.

당신이 필사하고 싶은 문장을 적어보자

35

"문인에게 다짜고짜 '문학이란 무엇입니까?'라고 묻는 사람은 문학을 못 하네. 그런 추상적인 큰 질문은 무모해. 철학자에게 '인생이란 무엇입니까?' 아인슈타인에게 '과학이란 무엇입니까?'라고 물어보면 대답할 수 없어."

— 김지수·이어령, 《이어령의 마지막 수업》 중에서 (열림원, 2021)

너무 큰 질문을 하는 건 안 하는 것만 못하다는 이어령 선생의 말을 듣고 고개를 크게 끄덕였다. 세상엔 한 문장으로 대답할 수 없는 일들이 너무 많다. 그래서 끊임없이 공부하고 의심하는 수밖에 없다. 너무 쉽게 주어지는 정답은 가짜이거나 공염불일 확률이 크니까.

당신이 필사하고 싶은 문장을 적어보자

36

부자가 되려는 사람들이 가장 많이 하는 실수는 빨리 부자가 되려는 마음을 갖는 것이다. 빨리 부자가 되려는 욕심이 생기면 올바른 판단을 할 수가 없다. 사기를 당하기 쉽고 이익이 많이 나오는 것에 쉽게 현혹되며 마음이 급해 리스크를 살피지 않고 감정에 따라 투자를 하게 된다. 거의 모든 결말은 실패로 끝나고 만다. 혹시 운이 좋아 크게 성공을 했어도 다시 실패할 수밖에 없는 모든 조건을 가진 자산과 인연만 만들게 된다. 무리한 투자나 많은 레버리지를 사용하는 버릇을 버리지 못하고 힘이 약한 재산만 가지고 있기 때문이다.

— 김승호, 《돈의 속성》 중에서 (스노우폭스북스, 2020)

라스베이거스의 도박장에서 어쩌다 돈을 딴 관광객이 끝내 다 털리고 나오는 것은 잠깐의 행운에 눈이 멀어 욕심을 부리기 때문이라고 한다. 뭐든 서둘면 안 되는 법이거늘 부자가 되는 문제에 있어서는 더 얘기하면 뭐하랴. 막상 내 경우가 되면 그게 잘 안 된다는 게 문제긴 하지만 말이다.

당신이 필사하고 싶은 문장을 적어보자

37

예술은 마법의 거울과도 같아서 보이지 않는
우리의 꿈들을 보이는 그림에 반영하게 한다.
우리는 거울을 통해 자신의 얼굴을 보지만,
예술 작품을 통해서는 자신의 영혼을 본다.

— 조지 버나드 쇼, 《버나드 쇼의 문장들》 중에서 (박명숙 옮김, 마음산책, 2024)

예술을 한다고 당장 쌀이나 밥이 나오는 건 아니기에 동서고금의 많은 예술가는 '무위도식하는 존재'라는 오해에 시달려 왔다. 하지만 버나드 쇼는 다르다. 우리가 왜 예술을 해야 하는지, 왜 예술 작품을 향유해야 하는지 알려주는 이런 멋진 문장이 있기에 나는 오늘도 '쓸모없음의 쓸모 있음'에 대해 다시 한번 생각해 보는 것이다.

당신이 필사하고 싶은 문장을 적어보자

38

자기계발서와 실용서 대부분은 저자의 특별한 경험을 일반화하고 있다. 이것은 치명적인 오류다. 다른 사람의 성공 사례를 아무리 따라서 한다고 한들, 그것이 내 성공을 보장하는 것은 아니다.

세상 모든 배움이 그렇다. 남들의 방법은 다만 참고하는 것이다. 그대로 나에게 적용해봐야 결과는 같지 않다. 요즘은 유튜브 영상도 많이 찾아보는데 거기에는 발상부터 기획, 연출까지 수많은 방법이 난무한다. 저마다 이런저런 방법이 좋다며 친절히 가르쳐주지만, 결국 각자 방법이 모두 다르다는 사실만 확인할 뿐이다.

— 탁현민, 《더 쇼》 중에서 (메디치미디어, 2024)

남들이 해놓은 건 다 쉬워 보이고 나도 할 수 있을 것 같지만 실제로 해보면 좀처럼 잘 되지 않는다. 왜 그럴까. 탁현민은 대부분의 자기계발서가 저자의 특별한 경험을 일반화시키기 때문이라고 말한다. 배워야 할 것은 결과가 아니라 태도와 본질이다. 손가락이 아니라 손가락이 가리키는 달을 보라는 말이다.

당신이 필사하고 싶은 문장을 적어보자

39

보이지 않는 축적을 믿는다.
보이지 않는 곳에
서서히 쌓이는 것의 힘,
그것의 강함과 무서움을 안다.

— 이자람, 《오늘도 자람》 중에서 (창비, 2022)

소리꾼 이자람은 매일 아침 옷방을 지나야 나오는 연습방에 가서 소리 연습을 하는데, 거기까지 가는 일이 그렇게 어려울 수가 없다고 한다. '어리석은 자가 산을 옮긴다'는 뜻의 우공이산愚公移山도 마찬가지다. 꾸준히 하지 않고 얻어지는 건 세상에 없다. 아주 작은 일이라도 매일 하는 당신이 되길 바란다. 하루하루의 축적이 미래의 당신이 되어줄 것이다.

자신을 위해 매일 꾸준히 하고 있는 일을 적어보자

40

"보통의 경우, 날조된 알리바이는 아주 교묘하고 매끄럽고 세세한 부분까지 그럴듯하기 마련이야. 그런데 자네 알리바이는 설득력도 없고 허술하기 그지없었단 말이지. 그 여자에 대해서 생각나는 게 아무것도 없다지 않았나. 열 살짜리 어린애도 자네보다 나았을 거야.
법정 뒤편에 앉아서 이야기를 듣고 있는데 조금씩 이런 생각이 들지 뭔가. 뭐야, 저자가 하는 말이 사실이잖아! 거짓말이면 그렇게 어설플 수가 없었으니까. 그런 식으로 일말의 기회마저 짓밟아 버리다니 결백하지 않은 이상 불가능한 일이었지. 뒤가 켕기는 인간들은 그보다 똑똑하기 마련이거든."

— 코넬 울리치, 《환상의 여인》 중에서 (이은선 옮김, 엘릭시르, 2012)

《환상의 여인》의 주인공 헨더슨은 아내를 죽였다는 누명을 쓴 채 법정에 나갔지만 자신의 무죄를 입증해 줄 여자가 어떻게 생겼는지조차 기억하지 못한다고 말한다. 답답한 일이지만 사실이다. 그 여자는 너무 평범하게 생겼던 것이다. 이 책을 읽다가 매끄러운 말일수록 거짓말일 확률이 높다는 생각을 했다. 사기꾼이나 바람둥이도 정체가 밝혀지기 전까지는 세상 착하고 부드러운 사람이라고들 하지 않던가.

아돌프 히틀러의 열렬한 추종자이자 제국선전부 장관으로 나치 정권의 악행에 앞장선 파울 요제프 괴벨스는 "대중은 작은 거짓말보다는 더 큰 거짓말에 속는다"라는 말을 남겼다. 진실은 의외로 어눌하다는 걸 잊지 말자.

당신이 필사하고 싶은 문장을 적어보자

41

"그곳에 살기로 결심한 이유는 무엇입니까?"
"우연이죠. 저는 우리가 평생 내리는 큰 결정의 대부분은 직관적으로, 큰 이유 없이 이루어진다고 생각합니다. 나중에 그것을 합리화하면서 사실을 왜곡하기 시작하죠."

— 엘리너 와크텔, 《작가라는 사람 2》 존 버거 인터뷰 중에서 (허진 옮김, 엑스북스, 2017)

내가 좋아하는 〈오자크〉라는 드라마가 있다. 시카고의 잘나가던 재무관리사 마티는 멕시코 마약 카르텔의 돈세탁을 도와주던 중 동업자의 횡령으로 죽을 위기에 놓인다. 바로 옆에서 친구가 머리에 총을 맞고 쓰러진 걸 본 그는 순간적으로 아침에 길에서 받은 전단지에 쓰여 있던 휴양지 이름 '오자크'를 떠올린다. 그리고 그곳에 가서 돈세탁을 문제없이 진행하겠다는 임기응변으로 목숨을 건진다.

사람들은 중요한 결정엔 반드시 그만한 이유가 있을 것이라고 생각하지만 사실은 그렇지 않다고 존 버거는 알려준다. 실제로 윤성식 교수가 쓴 《사막을 건너야 서른이 온다》(예담, 2013)에는 "전자제품 같은 건 꼼꼼히 가격과 상품을 비교하고 고르면서 외국 유학처럼 인생의 중요한 모멘텀은 선배의 경험담 한 마디로 결정하기도 한다"라는 말이 나온다. 인간은 생각보다 모순이 많은 존재다.

당신의 인생을 바꾼 작은 우연에 대해 써보자

살아오면서 인생의 지표로

삼고 싶은 문장을 만났나?

없으면 지금이라도 찾아보자

5장

누구나 잘 쓰고 싶어 한다

42

“전 한 작품을 열다섯 번 내지 스무 번 정도 고쳐 씁니다. 초고가 40페이지 분량이었다면, 완성된 단편은 대략 20페이지 정도 됩니다. 예술작품은 힘들이지 않은 것처럼 보이게 만들어지지만, 그렇게 하려면 노력을 쏟아부어야 합니다.”

— 레이먼드 카버, 《레이먼드 카버의 말》 중에서 (고영범 옮김, 마음산책, 2024)

잘하는 사람이 해놓은 걸 보면 참 쉬워 보인다. 그런데 그건 착각이다. 무언가를 만드는 건 누구나 어렵다. 다만 프로일수록 힘든 척을 안 할 뿐이다. 단편소설의 대가인 레이먼드 카버조차도 열다섯 번 내지 스무 번을 고쳐 쓴다는 말에 저절로 고개가 숙여진다. 훌륭한 작품엔 다 이유가 있는 것이다.

당신이 필사하고 싶은 문장을 적어보자

43

새끼손가락만큼 작아지기까지, 이 연필은 얼마나 많은 시간을 종이 위에서 걷고 달렸을까. 누군가의 손아귀에서 스케이트를 타듯 종이 위를 긁적이던 숱한 밤, 그리고 낮이 필요했으리라. 그 시간을 충분히 보낸 연필들만 '몽당'이라는 작위를 받을 수 있다. '몽당'이란 누군가의 품이 들고, 시간이 깃든 후에 붙여지는 말이다.

— 박연준, 《쓰는 기분》 중에서 (현암사, 2021)

박연준 시인은 시도 잘 쓰지만 글쓰기에 대한 글도 잘 쓴다. 누군가 글을 어떻게 해야 잘 쓸 수 있냐고 물으면 나는 그저 자주, 열심히, 많이 쓰는 것뿐이라고 대답한다. 박 시인은 그 대답을 몽당연필이라는 메타포로 대신한다. '누군가의 노력의 흔적'이라는 스토리텔링이 더해지면서 몽당연필은 거룩함이라는 지위를 얻었다. 시인의 통찰력이란 이런 것이다.

당신이 필사하고 싶은 문장을 적어보자

44

해군 수병水兵들은 육군과 달리 머리를 약간 길러요.
물에 빠지면 건져 올리기 위해서라 하지요.
디테일이란 그런 거예요. 생명을 좌우하는 것들은
본래 사소한 것들이에요.

— 이성복, 《무한화서》 중에서 (문학과지성사, 2015)

글쓰기 수업을 하면서 가장 많이 추천한 책은 두말할 것도 없이 이성복 시인의 《무한화서》다. 대학생들에게 시 쓰는 방법을 강연했던 수많은 시간을 아포리즘 형식으로 정리한 책이라 가독성이 훌륭하다. 그리고 좋은 작법서가 모두 그렇듯 이 책도 글쓰기 요령을 넘어 어떻게 살아가야 하는지에 대한 수많은 통찰과 메타포가 넘쳐난다.

당신이 필사하고 싶은 문장을 적어보자

45

"쓰다가 막힌다는 말은 글이 문제가 아니라 덜 읽은 거예요. 관련해서 더 많이 읽고 더 자료 조사를 하고 더 많이 사람을 만났어야 했는데 그걸 못 했을 때 막히는 경우가 많아요. 아웃풋이 안 될 땐 아웃풋만 어떻게 해 보려고 하는데 인풋을 조정해야 맞아요. 일주일 동안 아무것도 안 나온다 하면 과감히 쓰는 걸 아예 그만두고 관련해서 책을 읽고, 영화를 보고, 다큐를 보고, 현장을 방문하고, 그 업계에 있는 사람을 만나고, 그런 작업을 하면 금방 풀리는 것 같아요. 100을 흡수해야 1을 쓸 수 있는데, 1에서 고장 나는 경우보다 100에서 고장 나는 경우가 많으니까. 창작 수업을 다녀보면 생각보다 인풋이 안 된 채로 쓰려는 마음이 앞서는 경우가 많은데, 인풋을 많이 하는 게 최선이에요."

— 이다혜, 《내일을 위한 내 일》 정세랑 인터뷰 중에서 (창비, 2021)

"내가 살아온 이야기를 글로 쓰면 장편소설 몇 권은 나올 거야"라고 호언장담하는 사람들 중에 정말로 글을 쓰는 사람을 본 적이 없다. 그만큼 글은 쓰기 힘들다. 글쓰기 수업 시간에 내가 자주 드는 예가 바로 정세랑과 이다혜의 이 인터뷰다. 모든 크리에이티브가 다 그렇듯 글쓰기도 예외가 아니다. 아웃풋이 좋으려면 인풋이 많아야 한다.

당신이 필사하고 싶은 문장을 적어보자

46

만나기로 한 이가 30분 정도 늦는다고 한다. 이 30분은 선물이다. 그 선물을 가장 아름답게 받는 방법 가운데 하나를 알고 있다. 아름다운 단편소설 하나를 읽는 일. 시는 너무 짧고 장편소설은 너무 길다. 자기 문장을 갖고 있는 작가의 좋은 단편을 읽다가 문득 고개를 들면 시간은 음악처럼 흐르고 풍경은 회화처럼 번져갈 것이다. 다 읽고 나면, 기다린 그 사람이 온다. 윤대녕의 책이면 좋을 것이다.

— 신형철, 〈은어에서 제비까지, 그리고 그 이후〉 중에서

문학평론가 신형철이 윤대녕의 단편집 《대설주의보》(문학동네, 2016)에 붙인 해설 속 한 대목으로, 내가 글쓰기 수업을 할 때 자주 인용하는 문장이다. 글 쓰는 게 막연할 때는 만약에(what if)라는 방법을 쓰면 유용한데 그런 콘셉트로 쓰인 문장 중에서는 신형철 평론가의 이 글이 최고인 것 같다. '만약 나에게 30분 자투리 시간이 주어진다면'이라는 가정하에 윤대녕의 단편소설을 읽는 일이 그 시간을 쓰는 가장 아름다운 방법이라고 결론을 내고 있으니까. 윤대녕 작가가 이 추천사를 받고 얼마나 기뻐했을지 상상해 보면 글을 쓴다는 것은 매우 '고차원적인 오락'이라는 생각까지 든다.

평론가가 되었다고 생각하고 좋아하는 책의 추천사를 써보자

47

노래방 가서 빼는 사람들이 있다. 자기가 가수인 줄 착각하는 경우이다. 노래를 못 부르면 어떤가. 열심히 부르는 모습만으로 멋있지 않은가. 글의 감동은 기교에서 나오지 않는다. 애초부터 글쟁이가 따로 있는 것도 아니다. 쓰고 싶은 내용에 진심을 담아 쓰면 된다. 맞춤법만 맞게 쓸 수 있거든 거침없이 써 내려가자. 우리는 시인도, 소설가도 아니지 않은가.

— 강원국, 《대통령의 글쓰기》 중에서 (메디치미디어, 2024)

글쓰기에 대해 내가 쓴 책 《살짝 웃기는 글이 잘 쓴 글입니다》(북바이북, 2022)를 읽고 '너무 열심히 쓰려 하지 마라. 나라를 구하는 것도 아닌데'라는 대목을 좋아하는 독자들이 많았다. 강원국 작가도 나와 비슷한 생각을 가진 것 같다. 좀 못 쓰면 어떤가. "우리는 시인도, 소설가도 아니지 않은가"라는 그의 말은 자신을 의심하는 라이터들에게 용기와 위로를 주기에 충분하다.

쓰지 않고 미뤄두었던 한 편의 글을 여기에 완성해 보자

48

그렇다. 좋은 소설은 이런 것이다. 읽는 사람에게 흔적을 남긴다. 상처일 수도 있고, 깨달음일 수도 있고, 소설의 무엇을 따라 하고 싶게 만들기도 한다. 소설의 인물처럼 옷을 입거나, 말을 하거나, 아니면 그들이 먹고 마시는 것을 먹고 마시기. 나는 그래서 늦여름에, 더위에 지칠 대로 지쳤지만 곧 이 여름이 끝날 거라는 작은 희망을 붙들며 버티고 있는 이 계절에 진 리키를 마신다. 《위대한 개츠비》에서 그들이 진 리키를 마시기 때문이다.

— 한은형, 《밤은 부드러워, 마셔》 중에서 (을유문화사, 2023)

좋은 소설이란 무엇일까를 생각한다. 독자의 마음을 움직여서 뭔가를 하고 싶게 만드는 소설이 아닐까. 무라카미 하루키는 《노르웨이의 숲》을 읽은 젊은 여성이 '소설을 읽고 너무 가슴이 벅차올라 도저히 참을 수 없어 남자친구 집으로 가 창문을 두드려 깨운 뒤 들어가 사랑을 나누었다'라는 팬레터를 보내왔을 때 가장 기뻤다고 자랑한 적이 있다.
하루키의 독자 정도까지는 아니더라도 작가는 모두 자신의 글을 읽은 사람이 뭔가 좋은 쪽으로 변하거나 새로운 일을 계획하기를 바란다. 그게 글을 쓰는 사람의 공통된 마음이다.

당신이 필사하고 싶은 문장을 적어보자

49

얼마 전 오랜 지인으로부터 정중한 메일을 받았습니다. 사랑하는 사람이 생겼고 결혼을 할 예정인데, 남편과 아내 모두 팬이니 프로포즈용 소설을 하나 써줄 수 있겠느냐는 것이었습니다. 프로포즈를 하면서 낭독을 할 용도로요. 혹시라도 무례한 부탁이라면 미리 진심으로 사과드린다는 말과 함께요. (중략) 프러포즈는 성공적이었고 두 분은 지금 행복하게 잘 살고 있습니다.

— 김보영, 《당신을 기다리고 있어》 중에서 (새파란상상, 2020)

어떤 소설은 내용보다 그 탄생 배경이 더 흥미롭기도 하다. 우주여행을 소재로 쓴 김보영의 SF 《당신을 기다리고 있어》가 그런 경우다. 같은 작가를 좋아하는 커플 중 예비 신랑이 프러포즈용 소설을 하나 써달라 부탁한다는 것부터 너무 당돌하고 매력적인 발상 아닌가. 그런데 작가가 흔쾌히 그 부탁을 들어주면서 정말로 아름다운 소설이 탄생했다.

이 소설과 세트를 이루는 《당신에게 가고 있어》 두 편은 미국 출판사 하퍼콜린스에 판권이 팔려 출간될 예정이라고 한다. 누군가의 부탁으로 시작한 글도 이렇게 뛰어난 작품으로 이어질 수 있다.

당신이 필사하고 싶은 문장을 적어보자

50

"책 읽고 글 쓰고 산책하는 것 외에는 좋아하는 게 딱히 없어요. 여행도 거의 다니지 않고, 다른 예술 장르에도 무지하고, 유튜브나 OTT도 즐겨 보지 않고요. 유행이나 핫이슈를 잘 모릅니다.
이렇게 외부 일이 없을 때 제 일상은 아주 단순하고 거의 똑같아요. 아침에 일어나서 청소하고 밥 먹고 오후에는 글 쓰고 한 시간 정도 산책하고 저녁 먹으면서 야구 보는 삶. 그 루틴을 지키면서 꾸준히 지속적으로 쓰고 있어요."

— 최진영, 《쓰게 될 것》 중에서 (안온북스, 2024)

나는 왜 이렇게 할 줄 아는 것도 없고 세상일에 무지할까, 하며 괴로워할 때가 있다. 작가나 예술가들은 특별한 생각을 하고 일상생활도 뭔가 다를 것이라 여기기 때문이다. 그래서 누구보다 멋진 소설을 쓰고 있는 최진영 작가가 유튜브도 보지 않고 유행이나 핫이슈도 모른다고 얘기할 때 너무 놀랍고 위로가 되었다. "소설가가 그 근방에서 가장 똑똑한 사람일 필요는 없다"라는 레이먼드 카버의 명언처럼 이 고백 역시 나에게 큰 용기를 준다.

당신이 필사하고 싶은 문장을 적어보자

51

"아니오. 내가 되고 싶었던 것은 만화가였어요. 그래서 지금은 행복합니다. 만화는 철저한 계산에서 나옵니다. 그러자면 어지간히 똑똑해야 합니다. 진짜 똑똑하다면 다른 일을 할 테니까요. 그림도 어지간히 그려야지, 진짜 그림을 잘 그린다면 화가가 되겠죠. 진짜 글을 잘 쓴다면 책을 펴낼 테니까 어지간히 글을 잘 쓸 필요가 있는 거죠. 저는 어지간한 사람이라서 만화가 딱 어울립니다."

— 몬티 슐츠·바나비 콘라드, 《스누피의 글쓰기 완전정복》 중에서 (김연수 옮김, 한문화, 2006)

스누피가 나오는 만화 《피너츠》를 그렸던 찰스 M. 슐츠는 자신이 '어지간'해서 만화가가 될 수 있었다고 말한다. 어지간히 똑똑해야지 너무 똑똑하면 다른 일을 하게 된다는 것이다. 물론 겸손의 말이다. 2000년 그가 죽었을 때 만화와 캐릭터 상품, 영화 등 '피너츠 산업'으로 벌어들이는 돈이 연간 3천만 달러에 달했다. 그가 낸 책 《행복은 따뜻한 강아지Happiness is a Warm Puppy》는 뉴욕타임스 베스트셀러 차트에 44주나 올라 있었다. 그런데도 그는 겸손하고 소박한 사람으로 남았다.

개집 위에 타자기를 놓고 앉아 있는 스누피는 시대를 초월하는 캐릭터다. 단순하고 긍정적이며 자유롭다. 생각해 보면 그가 성공한 이유는 겸손해서도 아니고 어지간해서도 아니다. 누구나 좋아할 만한 이야기를 썼기 때문에 성공한 것이다. 그래도 너무 똑똑하지 않아 성공했다는 그의 말은 위로가 된다. 그리 똑똑하지 못한 나 같은 사람에게는.

당신이 필사하고 싶은 문장을 적어보자

'이 작가는 정말 잘 써' 하는
작가를 세 사람만 골라서
그 문장들부터 필사를 해보자

6장

위트와 재치가 빛나는 표현들

52

"위선자란 '무신론'이라는 책을 쓴 뒤에
그 책이 잘 팔리기를 신에게 기도하는 놈이다."

— 영화 〈우디 앨런: 우리가 몰랐던 이야기〉 중에서

다큐멘터리 〈우디 앨런: 우리가 몰랐던 이야기〉에는 우디 앨런이 활동 초기 TV에 나가 농담하는 장면들이 조금씩 나오는데 그중에서 가장 인상 깊었던 농담이다. 이런 농담을 자유자재로 꺼낼 수 있으려면 얼마나 생각을 많이 해야 하는 걸까.

답은 이 작품 안에 있었다. 그는 고등학생 때 유력 신문들에 개그를 써서 보냈는데 낯을 많이 가리고 소심한 성격 탓에 본명 대신 '우디 앨런'이란 가명으로 보냈다고 한다. 근데 이게 일약 히트하는 바람에("도대체 우디 앨런이 누구야?" "아, 방과 후에 집에서 개그를 써 보내는 애가 하나 있어.") 아예 불려 가서 개그 작가로 취직이 되었다. 그런데 우디의 말이 걸작이다. "그땐 하루에 개그를 40개씩 썼는데, 힘이 안 들었어요." 머리도 좋았지만 그보다는 노력이 먼저였던 것이다. 우리가 아는 천재들은 다 노력의 천재들이다.

힘든 줄도 모르고 어떤 일에 푹 빠져본 경험이 있나?

53

셰익스피어 씨께
한마디만 하겠습니다.
살아야죠.
사느냐 죽느냐가
어째서 문제가 되나요.

— 리카르도 보치, 《망작들》 중에서 (진영인 옮김, 꿈꾼문고, 2018)

명작이나 베스트셀러를 한눈에 알아보는 경우는 드물다. J. K. 롤링의 《해리 포터》도 대형출판사 열두 곳에 출판을 의뢰했다가 거절되었을 정도니까. 편집자들은 그녀에게 이렇게 말했다고 한다. "이런 구닥다리 동화를 누가 읽겠어요?"

그런데 그 유명한 햄릿의 독백을 이런 식으로 비웃은 사람이 있다. '당신의 작품을 출간할 수 없는 이유'라는 부제를 단 리카르도 보치의 《망작들》은 호메로스, 셰익스피어, 디킨스, 조이스, 플로베르, 프루스트, 카프카, 톨스토이 등에게 퇴짜 편지를 쓰는 편집자를 상상한다. 뭐든 뒤집어서 생각하면 그 가치가 더 소중해진다는 것을 가르쳐 주는 발상의 전환이다.

당신이 필사하고 싶은 문장을 적어보자

54

꿈에 별똥별을
보면서 생각했다
별은 아내를 주고
똥은 내가 가져야지
그래도
별이 하나 남네

— 편성준, 《부부가 둘다 놀고 있습니다》 중에서 (몽스북, 2020)

첫 책을 낼 때 이 글 때문에 고민을 많이 했다. 말장난 같아서 빼버릴까 하다가 그래도 버리긴 아까워 다시 넣기를 여러 번. 결국은 중간 챕터 맨 뒤에 슬쩍 넣기로 합의를 했다. 그런데 이게 웬일인가. 책이 나오고 나서 가장 많은 사랑을 받고 인용도 많이 된 글이 바로 이 '별똥별'이었다. 그 후로는 내 의견만이 옳다는 생각을 버려야 할 때마다 이 에피소드를 떠올린다. 내겐 인생에 큰 도움이 되는 글이었다.

당신이 필사하고 싶은 문장을 적어보자

55

"시에 가지는 여러 마음 중 1번은 '시집값이 너무 싸다'는 것이에요. 김중식 시인의 〈사춘기〉라는 시에 '시집값은 종잇값인데 집값은 시멘트값이 아니어서'라는 구절이 있어요."

— 문상훈, 《릿터》 2024 4/5월호 인터뷰 중에서

처음엔 코미디언이 시 얘기를 하는 게 신기하고 이상했는데 인터뷰 전문을 읽어보니 이해가 되었다. 그는 독서로 스스로를 벼리고 단련해 온 똑똑한 연기자였다. 코미디만 잘하는 게 아니다. 화제의 OTT 드라마였던 〈D.P.〉 속 김루리 일병 역을 한 배우가 바로 문상훈이다. 책을 깊게 읽는 사람은 역시 뭔가 달라도 다르다.

당신이 필사하고 싶은 문장을 적어보자

56

나는 트위터도, 페이스북도 하지 않는다. 그건 헌법이 허용한 권리다. 그런데 트위터에 내 가짜 계정이 있는 게 분명하다. 그걸 안 순간 나는 꼭 카살레조의 짝퉁이라도 된 기분이었다. 한번은 어떤 부인을 만났는데, 느닷없이 내게 감사의 인사를 했다. 트위터에서 내 글을 잘 보고 있고, 심지어 가끔 나와 대화를 주고받으며 지적으로 많은 도움을 받고 있다는 것이다. 나는 트위터상의 그 인물은 가짜 에코가 틀림없다고 점잖게 설명했지만, 부인은 마치 자기를 자기가 아니라고 말하는 사람을 마주하고 있는 것처럼 나를 빤히 바라보았다. 트위터를 하지 않으면 존재하지도 않는다고 생각하는 사람의 표정이었다. 데카르트의 말을 변주하자면 〈트위토, 에르고 숨Twitto, ergo sum〉이다.

— 움베르토 에코, 《미친 세상을 이해하는 척하는 방법》 중에서 (박종대 옮김, 열린책들, 2021)

기호학자, 미학자, 언어학자, 철학자, 사학자, 소설가, 비평가 등 직업도 많았던 20세기 최고의 지성 움베르토 에코는 굉장히 유머러스한 사람이기도 했다. 그의 마지막 저작에 실린 이 '트위토, 에르고 숨'은 데카르트의 유명한 말 '코기토, 에르고 숨Cogito, ergo sum', 즉 '나는 생각한다. 고로 나는 존재한다'를 똑같이 라틴어로 변주한 것이다. '나는 트윗한다. 고로 나는 존재한다.' 촌철살인은 범죄가 아니고 예술이다. 나도 에코처럼 '살인'하고 싶다. 촌철살인.

당신이 필사하고 싶은 문장을 적어보자

57

실망과 근심으로 가득한 세상에서
절망에 빠지지 않기 위해 선택할 수 있는 탈출구는
철학이나 유머에 의지하는 것이다.

— 찰리 채플린의 말

인생은 고해苦海, 즉 고통의 바다라는 말이 있다. 이 극단적인 세계관은 의외로 인기가 있는데 희대의 배우 찰리 채플린도 예외가 아니었다. 그는 시대를 풍미한 코미디언이자 영화감독이었지만 매카시 열풍에 휩쓸려 스위스로 쫓겨난 뒤 그곳에서 말년을 보내다 죽었다. 그런 그가 세상을 견딜 수 있게 해준 게 철학과 유머라고 하니 고개가 끄덕여진다. 철학은 멀어도 유머는 가까우니 일단 후자를 사랑해 보자.

당신이 필사하고 싶은 문장을 적어보자

58

스티브 잡스 인생을 단어 열 개로 표현해볼까.

미혼모. 입양. 말썽. 마약. 히피. 자퇴.
애플. 퇴출. 췌장암. 죽음.

그리 아름답지 않은 단어가 대부분이지만 '애플'이라는 단어 하나가 다른 모든 우울한 단어를 제압하지. 그가 인문학과 공학을 융합해 애플이라는 혁신을 만들어낼 수 있었던 건 Jobs라는 이름 덕분이었는지도 몰라. 잡스. '잡'의 복수. 순수하지 않은, 기본적인 것이 아닌, 갖가지가 뒤섞인 통찰과 융합.

— 정철, 《틈만 나면 딴생각》 중에서 (인플루엔셜, 2018)

불행한 사람일수록 "나는 왜 이렇게 운이 없지?", "하필 왜 이런 시대에 태어난 걸까?"라는 말을 많이 한다. 그리고 불행을 극복한 사람들은 "운명아, 네가 아무리 시비를 걸어도 나는 내 갈 길을 가련다"라고 외친다. 어떤 게 더 좋은 삶인지는 말할 필요도 없다. 하나의 신념에는 나머지 불행을 모두 물리칠 힘이 있다.

당신이 필사하고 싶은 문장을 적어보자

59

뭐 그런 거지So it goes.

— 커트 보니것, 《제5도살장》 중에서 (정영목 옮김, 문학동네, 2016)

빼어난 반전소설이자 SF와 현실을 넘나드는 《제5도살장》을 좋아하는 사람이라면 이 구절을 잊지 못할 것이다. 소설에 반복적으로 등장하는 "So it goes"는 '뭐 그런 거지'나 '그렇게 가는 거지'로 번역될 수 있는 단순한 문장이지만, 죽음과 삶의 무상함을 담담하게 받아들이는 태도를 보여주며 독자들에게 깊은 울림을 준다. 그렇다고 무심하거나 냉소적이지는 않다. 오히려 그 안에는 삶의 불가해함과 무의미함을 넘어, 우리에게 주어진 현실을 차분히 직시하고 받아들이는 자세마저 담겨 있다.

이 문장이 지금까지 사랑받는 이유는 시니컬한 유머와 철학적인 깊이가 공존하기 때문일 것이다. 삶의 아이러니를 유머로 승화시키는 커트 보니것 특유의 문체는 그저 허무주의에 그치지 않고 비극적인 삶의 순간까지 가볍게 끌어안는 철학적 메시지로 확장된다.

오래 기억하고 있는 책 속의 구절을 적어보자

60

회사원이나 되려고 태어난 게 아니라고 생각한다면,
기존 질서에 통합되어 그저 그런 인생을 살고 싶진 않지만
그러면서도 무얼 해야 할지 잘 모르겠다면 소설을 한번
써보는 건 어떻겠는가.

— 마루야마 겐지, 《아직 오지 않은 소설가에게》 중에서 (김난주 옮김, 바다출판사, 2019)

평범하게 살고 싶지 않다고 모두 소설을 쓸 필요는 없지만 '기존 질서에 통합되어 그저 그런 인생을 살지 말라'는 마루야마 겐지의 충고는 한번 생각해 볼 필요가 있다. 한 번 사는 인생인데 아무런 흔적도 남기지 못하고 가는 건 왠지 서글프지 않은가.

마루야마 겐지는 '아직 데뷔하지 않은' 미지의 소설가에게 보내고 싶어서 이 책을 썼다는데 어른스러운 충고가 있는가 하면 "출판사에서 원고료를 주지 않으면 직접 찾아가서 한바탕 난리를 피워라", "늙어 수입이 줄어들고 병원비를 빌려줄 곳도 없으면 결연하게 나가 죽어라"라는 귀여운 충고를 하기도 한다. 난 이래서 겐지가 좋다.

당신이 필사하고 싶은 문장을 적어보자

61

항구에 머물러 있는 배는 가장 안전하다.
그러나 정박해 있는 배는 배가 아니다.

— 존 A. 쉐드의 말

오마이뉴스에서 일하는 친한 기자가 자신이 가장 좋아하는 말이라며 내게 펜글씨로 써달라고 요청했던 구절이다. 미국의 교육학자이자 작가인 존 A. 쉐드의 말이라고 알려져 있으나 정확하지는 않다. 하지만 이 말이 주는 울림은 묵직하다. 당신은 어떤 쪽인가. 안전과 안정을 추구하는 삶인가, 아니면 도전과 모험이 삶의 본질적인 가치라 생각하는가. 후자라면 틀림없이 이 말을 좋아할 것이다.

당신이 필사하고 싶은 문장을 적어보자

이 책에서 가장 위트있는
문장을 하나만 골라 친구에게
보내보자. 어떤 일이 일어났나?

17장

내 가슴속으로 들어온 한마디

62

"어떻게 하면 은하수를 끌어와서 무기를 씻을 수 있을까?
어떻게 해야 하늘에 있는 은하수를 끌어와서
칼과 방패와 창과 갑옷을 깨끗하게 씻을 수 있을까?
다시는 전쟁에 쓰이지 않도록 할 수 있을까?
어떻게 하면 은하수를 끌어와서 무기를 씻을 수 있을까?

1200년 전에 두보가 쓴 시래. 1200년 전에."

— 김은성, 〈빵야〉 중에서 (알마, 2023)

김은성 작가를 좋아한다. 그가 대본을 쓴 연극 〈빵야〉는 일제강점기에 만들어진 장총 빵야와 드라마 극작가 나나가 이야기를 주고받으며 교감하는 판타지인데, 치밀한 역사적 고증과 글쓰기에 대한 진지한 고민이 어우러져 많은 연극팬의 사랑을 받았다. 나는 특히 당나라의 시인 두보가 썼다는 이 문장이 너무 아름다우면서도 현대적이라 결국 대본집까지 사고 말았다. 좋은 생각과 문장은 언제나 시대를 초월한다고 생각하면서.

책이나 연극을 보다가 '이건 진짜 좋다' 했던 구절을 적어보자

63

"생각하는 것은 물 위에 글을 쓰는 것이다.
그건 그냥 흘러가 버린다.
돌 위에 글을 써야 한다. 그래야 남는다."

— 대만 영화감독 허우샤오시엔의 말

배우로 활동하던 양익준 감독은 부산국제영화제에 갔다가 허우샤오시엔이 하는 이 말을 듣고 자신의 이야기를 시나리오로 써야겠다고 결심했다. 그렇게 해서 만든 자전적 독립영화 〈똥파리〉는 전 세계의 주목을 받으며 다수의 상을 휩쓸었다.

많은 사람이 돌 위에 새기는 마음으로 글을 쓴다. 그래야 사람들에게 가닿아 누군가의 가슴을 울리거나 행동으로 이어지게 할 수 있으니까. 생각만 하고 날려버린 이야기가 얼마나 많은가. 일단 어디라도 써야 남이 읽을 수 있다. 베르나르 베르베르도 말하지 않았던가. "백지는 고칠 수 없다"라고.

당신이 필사하고 싶은 문장을 적어보자

64

"내 원체 이리 아름답고 무용한 것들을 좋아하오.
달, 별, 꽃, 바람, 웃음, 농담 뭐 그런 것들.
그렇게 흘러가는 대로 살다가 멎는 곳에서
죽는 것이 나의 꿈이라면 꿈이오."

— 드라마 〈미스터 션샤인〉 중에서

어려움을 모르고 살았던 김희성(변요한)은 동경 유학을 다녀와서도 특별히 하는 일 없이 빈둥거리며 이런 얘기나 늘어놓고 다니는 천하의 건달이다. 하지만 그런 그를 미워할 수는 없다. 그가 얘기하는 '무용한 것들'이야말로 백 년 후 사회학자들이 '호모 루덴스(유희적 인간)'라는 말을 만들어 낸 원천이니까. 효율만 따지며 살기엔 인생은 짧다는 것을 그는 백 년 전에 이미 알고 있었던 셈이다.

당신이 좋아하는 '무용하면서 아름다운' 것은 무엇인가?

65

"매운탕, 이름 이상하지 않냐?
아니, 알이 들어가면 알탕이고,
갈비가 들어가면 갈비탕인데,
이건 그냥 매운탕.
탕인데 맵다, 그게 끝이잖아.
안에 뭐가 들어가도 그냥 다 매운탕.
마음에 안 들어."
"그럼 그냥 지리를 시킬 걸 그랬나?"
"그냥. 나 사는 게 매운탕 같아서.
안에 뭐가 들었는지 모르겠고…
그냥 맵기만 하네."

— 영화 〈건축학개론〉 중에서

나는 서연(한가인)이 이 대사를 하고 난 뒤 술에 취해 첫사랑 승민(엄태웅)에게 쌍욕을 하는 장면에서 왈칵 눈물이 났다. 나도 한때는 풋풋한 꿈이 있었는데, 이런 어른이 될 줄은 몰랐는데, 하는 그녀의 쓰린 마음이 느껴져서였다. '매운탕'이라는 메뉴 하나로 이렇게 잘 쓴 대사가 앞부분에서 받쳐준 덕이다.

당신이 필사하고 싶은 문장을 적어보자

66

"오, 그이는 살아 있어요.
누군가를 저토록 화나게
할 수 있는 사람은
그 사람밖에 없어요."

— 영화 〈다이 하드〉 중에서

짧은 대사 한마디로 등장인물의 관계가 너무도 잘 드러나는 경우가 있는데 나는 브루스 윌리스 출연작 〈다이 하드〉의 이 대사야말로 그런 예라고 생각한다. 자신을 짜증나게 해서 헤어졌던 남편의 바로 그 성격 때문에 생사를 확신하게 되는 장면이라니, 얼마나 역설적이면서도 통쾌한가. 〈더 록〉에서 니콜라스 케이지에게 인상을 쓰며 "매번 자네를 구해주는 것도 이젠 지쳤네"라고 하던 숀 코너리의 대사와 함께 제일 좋아하는 문장이다.

당신이 가장 좋아하는 영화 대사는 무엇인지 소개해 보자

67

"친구는 가까이, 허나 적은 더 가까이."

— 영화 〈대부 2〉 중에서

많은 사람이 〈대부〉 시리즈를 인생 영화로 꼽는 이유는 마피아 조직의 활동을 비즈니스로 치환한 뛰어난 플롯과 대사 덕분일 것이다. 이 문장은 자신의 가장 가까운 적 중 한 명인 하이먼 로스(리 스트라스버그)를 두고 마이클(알 파치노)이 한 말이다. 사람들이 이 영화 최고 대사로 꼽는 "그가 절대 거절하지 못할 제안을 할 거야"보다 나는 이 대사가 더 좋다. 누구에게나 통하는 인생의 금언이라서 그렇다.

당신이 필사하고 싶은 문장을 적어보자

68

"세상의 숱한 남자들 중에서
저 기계만이 유일하게 아버지의
자격을 가지고 있다.
술에 취해 고함지르지도 않고,
늘 곁에서 존을 지켜줄 것이다."

— 영화 〈터미네이터 2〉 중에서

난센스 퀴즈. '골목길에서 술에 취해 큰소리로 노래를 부르는 남자'를 표현하는 사자성어 'ㅇㅇㅇ가'의 정답은? 답은 고성방가인데 '또아빤가'라고 쓴 어린이가 있었다는 시니컬한 유머다. 영화 〈터미네이터〉에서 사라 코너(린다 해밀턴)는 아버지나 보호자로서 남성들이 보여주는 무책임함과 감정적 폭력에 절망감을 느낀 나머지 절대적인 헌신을 보여주는 터미네이터가 인간보다 낫다는 결론을 내린다.

AI가 인간을 대신할지도 모른다는 걱정들을 보면서 오히려 '진짜 인간적인 것은 무엇인가'를 생각하게 되었다. 결론은 SF라는 장르가 언제나 인간의 본질을 묻는 장르라는 것이다.

당신이 필사하고 싶은 문장을 적어보자

69

"우리가(기자들이) 정말로 하는 일이 뭘까요?
우리가 하는 일은, 겹겹이 싸인
사건의 껍질을 벗겨내는 거예요.
때로는 진실을 밝혀내기도 하지만
때로는 그저 손만 더럽히고
남는 건 눈물뿐일 때가 더 많아도 말이죠."

— 영화 〈리틀 빅 히어로〉 중에서

방송기자상을 수상하는 자리에 나간 게일(지나 데이비스)은 가방에서 양파를 하나 꺼내 까기 시작한다. 그리고 계속 양파를 까며 이 유명한 대사를 한다. 저널리즘의 본질은 사건의 껍질을 벗기고 또 벗기는 일이지만 나중에 남는 건 더러워진 손과 눈물뿐일 때가 많다, 라면서 매운 양파 냄새에 눈물을 닦아내는 주인공의 모습은 멋졌다.

시나리오는 그저 글만 잘 써서 되는 게 아니다. 훌륭한 플롯과 캐릭터를 만든 뒤에도 그 맥락에 맞는 절묘한 대사를 쓸 수 있어야 한다. 영화 〈대부〉의 "거절할 수 없는 제안"이나 〈터미네이터〉의 "I'll be back" 등 유명한 대사들이 많지만 나는 가장 인상적인 영화 대사를 대라고 하면 언제나 데이비드 웹 피플스 작가가 쓴 이 '양파 연설 장면'이 생각난다. 대사와 소품(양파)이 이렇게 잘 맞아떨어지는 경우가 또 있었을까.

오래 기억하고 있는 영화 속 한 장면을 소개해 보자

70

"1960년 4월 16일 오후 3시.
우리는 일 분 동안 함께했어.
난 잊지 않을 거야.
우리 둘만의 소중한 일 분을."

— 영화 〈아비정전〉 중에서

왕가위의 영화 〈아비정전〉에서 아비(장국영)는 도박장 매표소에서 일하는 점원 수리진(장만옥)에게 아무것도 묻지 말고 그냥 일 분만 같이 시계 초침을 바라볼 것을 제안한다. 그리고 둘은 그렇게 한다. 일 분이 흐르자 그윽한 눈빛을 하고는 이렇게 여자의 마음을 흔드는 멘트를 날린다. 생각해 보면 아비는 요즘 우리가 얘기하는 '나쁜 남자'의 전형이었다. 참 유치하지만 난 이 대사가 너무나 절묘해서 오래전부터 날짜와 시간까지 죄다 외우고 있었다.

똑같은 시간이더라도 누군가와 어떤 기억을 만들었느냐에 따라 그 가치는 천차만별이다. 당신에게 평생 잊지 못할 순간은 언제인가. 그때 같이 있었던 사람은 누구인가. 옆 페이지에 써보자.

평생 잊지 못할 순간을 이곳에 기록해 보자

71

지안: 꼭 갚을게요.

제철: 뭘 갚어… 인생 그렇게 깔끔하게 사는 거 아니에요….

— 드라마 〈나의 아저씨〉 중에서

배우 이선균과 이지은이 나왔던 드라마 〈나의 아저씨〉엔 수많은 명대사가 나오지만 나는 유독 이 장면이 잊히질 않는다. 할머니가 돌아가시고 동훈(이선균)의 마을 사람들 덕분에 장례를 무사히 치른 지안(이지은)이 고맙다며 은혜를 갚겠다고 말하자 제철(박수영)이 "인생 그렇게 깔끔하게 사는 거 아니에요"라고 말하는 장면 말이다.

대본집에 붙어 있는 박해영 작가의 글에 따르면 이 대사는 본인이 타인에게서 듣고 싶은 말이기도 했다고 한다. 살면서 받으면 꼭 갚아야 한다는 강박이 있었는데 그걸 극중 인물인 제철이 제지한 것이다. 어떤 시청자는 "제철의 말을 듣고 풀려나는 기분이었다"라는 댓글을 달았다고 한다. 박해영 작가도 아마 그런 기분이었을 것이다. 우리는 좀 더 헐렁하게 살 필요가 있다.

당신이 필사하고 싶은 문장을 적어보자

좋아했던 드라마 중
지금도 기억하는 대사는?
어떤 부분이 나를 건드렸나?

8장

우리 삶을 비추는 목소리

72

왜 우리들은 이렇게 쫓기듯이 인생을 낭비해 가면서 살아야 하는가?
우리는 배가 고프기도 전에 굶어 죽을 각오를 하고 있다.
사람들은 제때 한 땀 꿰매면 아홉 땀을 던다고 말한다.
그래서 그들은 내일 아홉 땀을 덜기 위해 오늘 천 번의 바느질을 한다.

— 헨리 데이비드 소로, 《월든》 중에서

사람들이 죽을 때 가장 많이 후회하는 것 중 하나가 쓸데없는 걱정을 하느라 정말 하고 싶은 일을 하지 못한 것이라 한다. 《월든》을 읽으며 미래에 대한 근심보다 현재의 행복을 더 소중하게 여기는 소로의 통찰력에 감탄했다. 그는 1845년부터 2년간 물욕의 사회와 인연을 끊고, 월든의 숲속에서 홀로 철저하고 간소한 생활을 영위하며 자연과 인생을 직시한 뒤 이 책을 썼다. 이백 년 가까이 된 책인데도 이토록 젊고 진취적일 수 있다는 점에 새삼 놀란다.

당신이 필사하고 싶은 문장을 적어보자

73

여성이 픽션을 쓰기 위해서는 자기만의 방과 연간 500파운드의 돈이 필요하다. 그래야 생각하고, 산책하고, 자기 마음대로 쓸데없는 짓을 할 시간이 충분히 생기지 않겠는가. 물론 그 모든 것은 자기만의 방과 500파운드가 주어진다면 가능한 일이다.

— 버지니아 울프, 《자기만의 방》 중에서

거의 백 년 전 버지니아 울프가 썼던 이 유명한 문장에서 나는 특히 "그래야 생각하고, 산책하고, 자기 마음대로 쓸데없는 짓을 할 시간이 충분히 생기지 않겠는가"라는 대목이 가장 마음에 든다. 창조적인 일은 들이는 시간과 생산성이 비례하지 않음을 이처럼 잘 표현한 문장은 아직 보지 못했다. 꼭 글을 쓰지 않더라도 인생에서 뭔가 새로운 것을 기획하기 위해서는 일정량의 돈과 시간이 필요한 것이다.

당신이 필사하고 싶은 문장을 적어보자

74

당장 얻을 수 있는 무언가는 대부분 가짜라는 것, 무엇도 바로 얻을 수는 없다는 것, 반대로 무언가를 얻고자 한다면 시간을 꾸준히 끊임없이 오랫동안 쌓아야 한다는 것, 그것이 삶을 만든다. 이 장기적인 관점이 누락된 거의 모든 것은 도박이나 과욕에 가깝다. 그리고 도박이나 과욕의 반대편에는, 이어지는 삶에 대한 믿음이 있다. 우리는 10년 뒤에도 삶을 이어가고 있을 것이다. 그리고 그 10년은 결국 나의 매일에 무엇을 했느냐로 만들어질 것이다. 삶에 대한 아주 단순명료한 진리는, 삶이 그 밖의 다른 방식으로 만들어지지 않는다는 것이다.

— 정지우, 《돈 말고 무엇을 갖고 있는가》 중에서 (마름모, 2024)

일주일에 한 번씩은 어김없이 로또 1등에 당첨되는 사람들이 나오지만 그들이 다 행복하게 살고 있을까, 하는 생각을 한다. 정지우 작가는 아예 책의 제목으로 "돈 말고 무엇을 갖고 있는가"라고 묻는다. 나는 무엇을 갖고 있을까. 내가 좋아하는 것을 선택하고 그걸 꾸준히 하는 용기, 좋은 친구와 좋은 술, 그리고 책이 있다고 대답할까. '내 말대로 하면 당장 큰돈을 벌 수 있다'라는 말에 여전히 많은 사람이 혹한다는 것은 그만큼 사람들의 삶이 춥고 쓸쓸하다는 증거인 것 같아서 씁쓸하다.

당신을 진정 행복하게 하는 것은 무엇인가?

75

언어의 장벽이 있다면 '우리는 다르다'는 의미다. 아파르트헤이트의 설계자들은 이 점을 잘 알았다. 흑인들을 분리시키려는 노력의 일환으로 그들은 우리들을 물리적으로만이 아니라 언어적으로도 나눠 놓았다. 반투학교에서는 아이들에게 오직 그들의 언어로만 가르쳤다. 줄루족 아이들은 줄루어로 배웠다. 츠와나족 아이들은 츠와나어로 배웠다. 이 때문에 우리는 정부가 쳐 놓은 덫에 걸려 우리끼리 싸웠다. 우리는 서로 다르다고 믿으면서.

— 트레버 노아, 《태어난 게 범죄》 중에서 (김준수 옮김, 부키, 2020)

뭔가 이치에 맞지 않는 것을 보았을 때 우리는 "말도 안 돼"라고 외친다. 말이 되어야 옳다고 믿기 때문이다. 그만큼 말은 중요하다. '언어는 생각의 집'이라는 하이데거의 말은 인종차별의 벽을 딛고 세계적인 코미디언이자 진행자, 정치평론가가 된 트레버 노아의 글에서도 알 수 있다. 인종차별주의자들이 사람들을 갈라놓은 방법은 서로 다른 말을 쓰게 하는 것이었다. 이는 일제강점기에 일본인들이 한반도에서 조선어를 못 쓰게 한 것과 비슷하다. 지금 우리가 쓰고 있는 말에 대해 많은 것을 생각하게 하는 문장이었다.

당신이 필사하고 싶은 문장을 적어보자

76

아무도 자기 목소리를 내지 않는 사회는 안전하기는 해도 건강하지는 않다. 자기 목소리를 내지 않도록 훈련된 사람은 타인을 위해서도 목소리를 높이지 않는다.

— 배명훈, 《화성과 나》 중에서 (래빗홀, 2023)

획일적이고 수동적인 사회와 잡음이 섞인 사회를 생각해 본다. 나치 독일과 스탈린, 그리고 중국의 문화혁명에 이르기까지 획일적인 사고는 엄청난 비극과 반인륜 범죄를 불러왔다. 배명훈의 SF 소설집에서 이 문장을 읽고 민주주의에 대해 다시 생각하게 되었다. 민주주의는 뭐 하나 깔끔하게 떨어지거나 정리되지 않는다. 그렇지만 그런 지난한 과정을 거쳐야 바람직하거나 진보적인 방향을 이끌어 낸다. 최재천 교수도 "자연은 순수를 혐오한다"라고 말했다. 섞여야 건강한 것이다.

당신이 필사하고 싶은 문장을 적어보자

77

나는 미국 어느 인디언 보호 구역의 학교에 새로 부임한 백인 교사의 일화를 늘 가슴에 품고 산다. 시험을 시작하겠다고 하니 아이들이 홀연 동그랗게 둘러앉더란다. 시험을 봐야 하니 서로 떨어져 앉으라고 했더니 아이들은 어리둥절해하며 이렇게 말하더란다. "저희들은 어른들에게서 어려운 일이 생기면 서로 상의하라고 배웠는데요."

— 최재천, 《숙론》 중에서 (김영사, 2024)

광고회사 다닐 때 가장 힘들었던 건 끝없는 '경쟁'이었다. 단 하나의 아이디어만 채택되는 업의 특성상 우리는 바로 옆 파티션에 있는 팀이 무슨 일을 하고 있는지도 모르다가 회의실에 가서야 각자의 아이디어를 발표하고 경쟁을 거쳐 안으로 만들어야 했다. 어렸을 때 서로 도우라는 말을 듣고 자랐음에도 불구하고.

'제각기 살아 나갈 방법을 꾀하다'라는 뜻의 각자도생各自圖生이라는 말이 유행하는 사회는 서글프다. 사람을 사람답게 만드는 건 경쟁이 아닌 사랑과 연대라고 생각한다. 다행히 '다정한 것이 살아남는다'라는 말이 다시 힘을 얻기 시작했다.

당신이 필사하고 싶은 문장을 적어보자

78

비에도 지지 않고
바람에도 지지 않고
눈에도 여름 더위에도 지지 않는
튼튼한 몸으로 욕심은 없이
결코 화내지 않으며 늘 조용히 웃고
하루에 현미 네 홉과 된장과 채소를 조금 먹고
모든 일에 자기 잇속을 따지지 않고
잘 보고 듣고 알고 그래서 잊지 않고
들판 소나무 숲 그늘 아래 작은 초가집에 살고
동쪽에 아픈 아이 있으면 가서 돌보아 주고
서쪽에 지친 어머니 있으면 가서 볏단 지어 날라 주고
남쪽에 죽어가는 사람 있으면 가서 두려워하지 말라 말하고
북쪽에 싸움이나 소송이 있으면 별거 아니니까 그만두라 말하고
가뭄 들면 눈물 흘리고 냉해 든 여름이면 허둥대며 걷고
모두에게 멍청이라고 불리는
칭찬도 받지 않고 미움도 받지 않는
그러한 사람이 나는 되고 싶다.

— 미야자와 겐지, 《비에도 지지 않고》 중에서 (엄혜숙 옮김, 그림책공작소, 2015)

아픈 여동생과 함께 시골로 내려와 살면서 아이들과 마을 사람들을 돌보다 급성 폐렴으로 세상을 떠난 이 시인의 시는 눈 밝은 사람들에 의해 뒤늦게 발견되어 애송되었다. '비에도 눈에도 지지 않고 주변 사람들을 돌보면서 칭찬도 미움도 받지 않는 바보처럼 살고 싶다'는 짧은 시 내용이 한 권의 책으로 만들어진 건 각박한 도시 생활에 지친 현대인들을 위로하는 따뜻한 마음 덕분이었을 것이다.

당신이 필사하고 싶은 문장을 적어보자

79

설날

어머님께

설날에는
어머님이 계신 아파트의
좁은 현관에
신발들 가득 넘쳐나고
아이들 울음소리
글 읽는 소리
베 짜는 소리로 해서
어머님, 아버님의 겨울이
잠시 동안이나마
훨씬 따뜻하고
풍성해지리라 믿습니다.

세배 대신 엽서 드립니다.

— 신영복, 《감옥으로부터의 사색》 중에서 (돌베개, 1998)

좋은 집은 손님들이 많이 놀러 오는 집이라고 믿는다. 그래서 신영복 선생이 감옥에서 어머님께 보낸 신년 엽서 내용에서도 '좁은 현관에 신발들 가득 넘쳐나라'고 기원하는 구절이 가장 눈에 띄었다.

당신이 필사하고 싶은 문장을 적어보자

80

예를 들어서 신을 믿지 않는 목사님도 계실 거라고 저는 생각하거든요. 김은국이라는 소설가가 쓴 《순교자》라는 소설에도 신을 믿지 않는 목사님이 등장해요. 정작 자신은 신을 믿지 않으면서 사람들에게는 신을 믿으라고 신께서 여러분을 구원할 거라고 복음을 열심히 전하죠. 전쟁으로 고통받는 인간들에게, 신을 향한 믿음을 가져서라도 살고자 하는 생의 의지랄지, 고통스러운 죽음의 공포를 견딜 수 있게 하는 힘이랄지, 이런 것을 주고 싶었던 거예요. 그것이 그의 신념이고 그의 신앙이라고 말하는 소설이었어요. 저는 이 소설의 이야기가 한국전쟁 속에서 나타날 수 있는 종교인의 사례가 아니라 어쩌면 지금도 그런 목사님들이 계시지 않을까라는 생각이 들곤 해요.

— 요조와 중림서재 독서모임 구성원들의 《대화의 대화》 중에서 (중림서재, 2024)

지금은 아는 사람이 드물겠지만 김은국은 미국에서 영어로 쓴 이 소설로 노벨문학상 후보까지 오른 작가다. 6·25 전쟁을 배경으로 신과 인간의 문제를 다룬 이 책을 뮤지션이자 작가인 요조가 독서모임에서 함께 읽고 얘기했다. 책의 핵심을 너무나도 정확히 파악했고 그 마음도 갸륵해서 책을 읽으면서 나도 모르게 밑줄을 친 부분이다.

당신이 필사하고 싶은 문장을 적어보자

81

초역전현상이 일어나고 있습니다. 리버스 멘토링의 시대입니다. 기성세대는 젊은 세대를 당할 수 없습니다. 우리는 이제 그런 초유의 시대에 살고 있습니다. 세상은 뒤집어졌습니다. 이걸 모르거나 인정하지 못하는 이들은 '현대를 살아가는 원시인'입니다. 우리는 이제 시대에 뒤떨어진 규정과 문화를 갈아 엎어야 합니다. 단순한 전복이 아니라 창조적이고 혁신적인 진보이며 진화입니다. (중략) 젊은이들이 무조건 옳습니다! 여러분들이 있어서 다행이고 행복합니다. 그리고 고맙습니다.

— 2024년 11월 2일 '비평연대 송년의 밤' 김경집 교수 축사 중에서

젊은 비평가들의 모임인 비평연대 송년회에 가서 우리 문학계에 새로운 희망들을 만난 것도 좋았지만 그보다 놀란 것은 선배 세대인 김경집 교수의 "젊은이들이 무조건 옳습니다!"라는 뜨거운 축사였다.

'리버스 멘토링'이란 말은 경영의 신이라고 불리던 제너럴일렉트릭 잭 웰치 회장이 1999년에 들고 나온 개념이다. 새로운 생각을 가진 젊은이들을 이해해야 기업이 살아남을 수 있다는 얘기인데 이제 문화의 역전을 상징하는 단어이기도 하다. 나이 많은 사람이 무조건 어른 행세를 하던 시대는 지났다. 후배들에게 스스럼없이 질문하고 배우는 사람이 진정 슬기로운 사람이다.

당신이 필사하고 싶은 문장을 적어보자

지금 우리에게 가장
필요한 목소리는 무엇일까?
당신이 그 목소리가 되어보자

에필로그

당신을 살리는 문장도 이 안에 있다

○

성북동에서 횡단보도를 건너려고 신호등 앞에 서 있을 때 메디치미디어 배소라 본부장에게서 전화가 왔다. 가볍고 경쾌한 명언들을 모아 독자들에게 건네는 필사책을 하나 기획하고 있는데 젊은 편집자들에게 물어보니 이구동성으로 '편성준 작가'를 추천하더라는 것이었다. 깜짝 놀라 안 그래도 '하루에 하나씩 내가 만난 문장들'이라는 타이틀의 낭독 프로젝트를 아내와 함께 기획하고 있었다고 말했다. 기분 좋은 우연의 일치였다. 한 번 낭독으로 사라지는 것보다는 책으로 펴내는 게 독자들에게 더 의미가 있지 않겠냐는 배 본부장의 말이 나를 설득했다.

그날부터 내게 다가오는 모든 책과 영화, 연극, 하다못해 길거리에 붙어 있는 안내판이나 공문서에 이르기까지 어떻게 하면 인생에 도움이 되는 구절로 바꿀 수 있을까, 하며 주변을 다시 살피기 시작했다. 역시나 이번에도 메모 수첩이 큰 도움이 되었다. 예전에 읽었던 책은 물론 새로 사는 책에서도 마음에 드는 구절이 나오기만 하면 수첩에 옮겨 적거나 휴대폰 카메라로 찍고 녹음도 했다. ChatGPT의 도움으로 오래된 영화 대사를 발굴하기도 했다. 정말 좋아했지만 이젠 기억이 희미하고 찾아보기도 어려운 〈리틀 빅 히어로〉라는 영화의 감동적인 '양파 연설 장면'은 AI가 정확한 영어 대사를 찾아준 덕분에 책에 수록할 수 있었다.

유명한 문장보다는 평론가나 독자들에게 눈길을 받지 못했으나 나름의 감동과 통찰이 숨어 있는 문장들을 찾으려고 노력했다. 대형 서점의 신간코너도 부지런히 찾아다녔다. 저작권 개념이 강화되어 원하는 책 구절을 인용하는 게 쉽지만은 않았다. 내가 문장들을 찾아 보내면 이솔림 에디터가 일일이 출판사에 연락을 해서 허락을 받아야 했는데 '어떤 경우라도 예외 없이 인용을 하락하지 않는' 작가님이 있었고 너무 바빠서 출판사와 연락이 닿지 않는 작가님도 있었다. 그런 경우엔 어쩔 수 없이 포기해야 했다. 번거로운 과정을 무릅쓰고 이 책에 글을 실을 수 있도록 허락해 주신 출판사 임직원분들께 다시 한번 큰 감사를 드린다.

처음 잡은 제목은 '내가 찾은 문장의 힘'이었는데 원고를 수정하면서 '나를 살린 문장, 내가 살린 문장'으로 바꾸었다. 여기에 수록된 문장들은 언젠가 마주쳐 나를 웃게 하거나 용기를 주고, 하다못해 기라도 살려주었던 아포리즘들이다. 가볍게 읽고 지나갈 수도 있지만 그 사이에는 분명 평생 간직하고 싶을 정도로 좋은 문장도 있으리라 믿는다. 나를 살린 문장이 당신도 살리는 장면을 상상하는 건 정말 기쁜 일이다. 당신의 문장도 이 책 안에서 꼭 찾으시기 바란다.

나를 살린 문장, 내가 살린 문장

편성준과 함께 읽고 쓰는 세상에 하나뿐인 필사책

초판 1쇄 2024년 12월 10일 발행

지은이 편성준
펴낸이 김현종
출판본부장 배소라 책임편집 이솔림 편집도움 황정원 디자인 김기현
마케팅 안형태 김예리 경영지원 박정아

펴낸곳 ㈜메디치미디어
출판등록 2008년 8월 20일 제300-2008-76호
주소 서울특별시 중구 중림로7길 4
전화 02-735-3308 팩스 02-735-3309
이메일 medici@medicimedia.co.kr 홈페이지 medicimedia.co.kr
페이스북 medicimedia 인스타그램 medicimedia

ISBN 979-11-5706-380-2 (03810)